主编　凌翔

当代著名作家美文自选集

江南文人的眼

追寻嘉兴文化名人的足迹

子仪　著

天津出版传媒集团

天津人民出版社

图书在版编目 (CIP) 数据

江南文人的眼：追寻嘉兴文化名人的足迹 / 子仪著
. -- 天津：天津人民出版社，2019.11
（当代著名作家美文自选集 / 凌翔主编）
ISBN 978-7-201-15460-2

Ⅰ. ①江… Ⅱ. ①子… Ⅲ. ①散文集—中国—当代
Ⅳ. ① I267

中国版本图书馆 CIP 数据核字（2019）第 225193 号

江南文人的眼　追寻嘉兴文化名人的足迹
JIANGNAN WENREN DE YAN　ZHUIXUN JIAXING WENHUAMINGREN DE ZUJI

出　　版	天津人民出版社
出 版 人	刘　庆
地　　址	天津市和平区西康路 35 号康岳大厦
邮政编码	300051
邮购电话	（022）23332469
网　　址	http://www.tjrmcbs.com
电子信箱	reader@tjrmcbs.com
责任编辑	岳　勇
装帧设计	陈　姝
印　　刷	北京楠萍印刷有限公司
经　　销	新华书店
开　　本	710 毫米 × 1000 毫米　1/16
印　　张	13
字　　数	200 千字
版次印次	2019 年 11 月第 1 版　2019 年 11 月第 1 次印刷
定　　价	49.80 元

序

如果吹牛可以不缴个人所得税的话，那么我可以放心而大胆地吹牛：我是"看"着子仪由散文家成为学者的。这么说，并没有看轻散文家的意思，好的散文家也无不是学者、思想家，但那种咿咿呀呀、哼哼唧唧的散文却由俗套成滥调而往往令人过目即忘，当然抒发一点个人的小情小调无伤大雅，有益健康。这样的文字子仪大概也写得得心应手，从好处上讲，感性、细致，能够捕捉到心底的很多微妙；可另外一方面，也未免千篇一律、缺少个性，辛苦十年也难得换来大境界，反倒如钻木的虫子，钻得越深自我限制得越紧，空间也反而更狭小了。而《江南文人的眼》中的文字不一样了，有小女人的才情，也不乏大丈夫挥挥手送走历史烟云的利落，当然时不时也有老学究的掉书袋。

我想，子仪没有要做学者去吓唬那些博士们或去抢他们饭碗的意思，她所做的这一切都是缘于对于嘉兴这方水土、历史文化的热爱，这种热爱如干柴燃起了她兴趣的烈火，并背起行囊付诸行动。你看她写西塘的文字，恨世人不赏西塘夜色的急切心情，如怀抱美玉无人赏识一样地连连顿足。并非科班出身的子仪，要写不同时代的各色人物，可以说并非易事，除了现场的考察，她在背后要下的功夫更不知有多少，常常为一条资料奔波于图书馆之间，常常要补很多科班之士习以为常的课，我常常惊叹于她的有心，比如整理方令孺的书信，在很多人那里不过是有心无肺的事务性工作，而她却从文字间捕捉到一个寂寞女诗人的心境，而且联系到很多与方令孺有过交往的人，连方家高龄的保姆都拜访到了。如果说子仪的"学者之路"还很漫长的话，那么她的这种热情、这股劲头就是最好的引路者。更何况，随着她的深入学习，她逐渐找到自己的兴趣点和努力方向，文章中的引号和书名号越来越多了，俨然一幅学者派头了！

嘉兴是我素来敬重之地，这不仅有一连串我仰慕的历史文化名人，还让我在一个浮躁的时代中看到了文化的根底。仅凭我有限接触，也加深了我"学在民间"的印象，因为在教授、博导帽子漫天飞的大学中，我越来越少见到他们对学术的热情、专注，更难看到他们那份"白心"。然而在吴藕汀先生的书房中、笔记里，在邬燮元先生的刀痕中，在范笑我先生的书局里，乃至在子仪的这部书稿中，我看到了他们为自己热爱的事情倾注心力的心定气闲，并由此养成了他们独特的生活方式。我知道嘉兴这样的高人还有很多，丰厚的历史文化给了他们底气，他们所做的事情与功名利禄无关，与精神、灵魂却紧紧拥抱，当代社会应当接纳和充分认识到这些文化成果的价值，或许他们没有头衔、职称，但他们的行为本身就是一种文化命脉薪尽火传的体现。

每次来嘉兴都匆匆忙忙，许多想仔细品味之处总难如愿，常常引以为憾。但有了子仪的这些文字，我走马观花的印象得以加深，在浮光掠影中产生的疑窦得以解答，我仿佛又随着作者的笔来拜访一个个前辈。梅花庵飘雪的时候，我不能来与朋友们高谈阔论，读读子仪的文字望梅止渴吧。有许多细微的地方，子仪发挥她散文家的功底都一一捕捉到了，读这样的文字也让我生出很多另外的感慨。比如沈曾植的故居，今年春天一个落雨的日子，我也曾造访过，给我的印象正如子仪所说的冷寂。屋子、庭院，都给人以阴冷的感觉，再加上寥寥无人，真让人感叹一位学者的命运。我当时就在想，今人在拍卖市场上到处炒卖他的字，对他的学问却往往不置一词，实在是因为我们的浅薄，因为他的学问，我们接续不下来，自然也谈不出什么。而字嘛，反正可以不懂装懂地品评几句，更重要不是都说好吗？不是值钱吗？我想老先生如果在世会怎么看？对于那个时代的学者屡屡称赞他的字写得好，而对真正呕心沥血的东西却装作视而不见，他会不会苦笑、长叹？就像今天的人会操作电脑已算不得什么一样。他的这份寂寞让我觉得子仪用"新"和"旧"来评价未免严苛了一点，毕竟每个人有每个人的生命体验、文化世界，这是不可以借贷、移植的，一个时代有弄潮儿，也有观潮者，还会有逆流而上的人，选择不同，未必有高下之分，对此，我往往对那些时评不存好感，认为有些事情没有人们说的那么严重，包括对朱竹垞。

扯远了，回到子仪这里来吧，如果以她的并不资深友人的身份也严苛地要求她的话，我觉得随着兴趣的深入，她应当深入这些人的心灵世界中，让大家在触摸先贤灵魂的同时，能够感受到他们的精神，这一点，目前的文字中似乎少了一点。但子仪并非做不到，因为很显然她已是被这种文化所化之人了，只要再能从故纸堆里跳出来，用自己的生命去碰撞一个个远去的生命，相信会有更闪亮的火花迸发出来。

周立民

2019 年 6 月 20 日于竹笑居

目　录

梅花翠竹伴清风
　　——吴镇故里梅花庵

一

　　嘉善地处浙江省北部，自明宣德五年（1430）从嘉兴县析出，定县治于魏塘镇。嘉善自古以来是鱼米蚕丝之乡，中学的历史课本上曾提到过魏塘，有民谣谓"买不尽的松江布，收不尽的魏塘纱"，这是在明代，说明当时纺织业发达之空前。教科书上提到自己的家乡，虽然多少觉得意外，但那时年少无知的我们，哪里懂得鱼米布匹的珍贵，看见只不过是"纱"，也就淡淡地过去了。这种感觉平淡了十多年，及至成年后再次看到这句话时，才感觉到了其中的分量，我为自己的家乡而深深地自豪。

　　"家乡"是一个非常温暖的字眼，我的家乡除了温暖之外，又厚重，这除了有"鱼米之乡"的美誉外，还因为出了个大画家吴镇。

　　吴镇（1280—1354），元代杰出画家，字仲圭。他爱梅花，在居处遍植梅花，所以号梅花道人、梅沙弥等，他的住所又多橡树，故又号橡林书生。吴镇擅画山水、竹石，又常常题诗其上，时人称为诗书画三绝。

吴镇所处的时代，正值元代中后期，时世动荡。社会的急剧变化随之带来审美趣味的变化，在绘画艺术上，元代画家突破以往院体画的束缚而自由地发展，他们重视主观意兴的抒发，以简逸为上，求神似重笔墨，以黄公望、王蒙、吴镇和倪瓒为代表的"元季四大家"，充分发挥笔墨韵味在绘画中的作用，以山水寄情、借竹木言志，使诗书画有机地融为一体，形成了以"文人画"为主流的山水画派。

文人画是画中带有文人情趣，画外流露着文人思想的绘画。王维以诗入画，后世奉他为文人画的鼻祖；宋代苏轼、文同等人，在王维的文人画派基础上，以书法入画，实践并发展了其水墨技巧，推动了文人画的发展；元代士人把绘画作为移情寄兴的手段，寄心迹于笔墨，个人心绪颇为突出，元四大家将文人画推向了成熟期。

后人评价吴镇的文人画成就非常高，他的山水画，时常于海阔天空的江河湖海之间画一叶扁舟载浮载沉，表现动乱的社会现实中知识分子的隐逸理想。明代大书法家董其昌评元四家山水画时认为："吴仲圭大有神气。"

由于吴镇在书画艺术上的杰出成就，后人对其倍加推崇，明代沈周、董其昌、文徵明、姚绶等人的山水，清代吴历、石涛、蒲华等人的竹石，多受其影响。开创吴门画派的"明四家"之首沈周，晚年笃好吴镇，不仅宗其山水，又把其写竹技法也融入自己的作品中，他声称"梅花庵主是吾师"，并在题吴镇《水墨册》中写道："而今橡林下，我愿执扫归。"对吴镇作品心摹手追。那年他孤零零地来梅花庵凭吊，秋风陪伴他，而橡树不见半点春色。我不知道他后来又多少次来过梅花庵，但这样一份心绪的表白一定是非常真诚的。

二

　　吴镇纪念馆坐落在浙江省嘉善县魏塘镇花园路178号，门前一对明代石狮，石库门上方是"吴镇纪念馆"几个字。走进纪念馆，在一块场地中央，首先看到的是吴镇的花岗岩雕像，右手执着毛笔，神态安详，一位飘逸洒脱的儒生形象。雕像是由老一辈雕塑家陈道坦先生完成的。

吴镇纪念馆吴镇雕像

　　在吴镇石雕像的南面和西北角的墙上，是吴镇竹谱册碑廊和渔父图碑廊。吴镇画竹喜欢以简淡的水墨来表现竹子的灵性。他笔下的竹子，枝叶扶疏有态，叶叶舞风着声，他将自己宁静淡泊的心态付于竹子间。明代书画家、鉴赏家李日华高度评价吴镇墨竹"法韵两参"。碑廊中的竹谱册共二十二幅，画面中姿态各异的竹子，笔法简洁苍劲，为吴镇传世墨竹画中的精品。山水画中，吴镇喜作渔父题材的画，常常在高树远山间任一叶扁舟出没，泛沧波、钓清风，画面清新飘逸，作者以此来寄托自己的情志。他的"渔父图"大都以遒劲潇洒的草书"渔父词"相配，诗书画相得益彰。借渔父隐喻，吴镇将文人画的意趣发挥得淋漓尽致。

渔父图碑廊之东，有曲水名彩笔溪，又有亭名寒碧亭，北为彩笔轩。

吴镇像北寒碧亭东为遽庐，主要陈列吴镇书画作品，内有沙孟海题写的匾额："元代画家吴镇陈列室"。吴镇陈列室分生平传略、艺术成就、高士风范三个部分。吴镇像及吴镇世系记载，主要来自吴氏家谱《义门吴氏谱》，《义门吴氏谱》现藏浙江省平湖图书馆。据载，吴镇祖上曾贵为宋朝权臣，吴镇祖父在南宋时从汴梁移家嘉兴，定居魏塘。吴镇性情孤高耿直，南宋亡国之痛令他隐居不仕，一生隐逸于诗文书画佛易江湖间。比照与吴镇差不多时候的赵孟頫，吴镇的确很了不起！人品相差太大，影响到书风，赵秀丽媚俗，吴圆浑雄健，不可同日而语。

这旁有一幅地图，勾略了吴镇行走的路线。吴镇的江湖，足迹主要留在江南一带，又以留迹太湖最多。我想象着他是怎样面对太湖写生的，面对着如梦如幻的太湖他在想些什么，他的行囊里是不是一日没有离开过他的笔墨纸砚……

边上还有一幅嘉兴的城区方位图呢，原来在吴镇六十八岁时，他到嘉兴春波门外的春波客舍居住了四年。在那里，他与友人会于精严寺僧舍，心仪佛门，开始自称"梅沙弥"。写过三十卷《南村辍耕录》的名士陶宗仪，就是在那个时候来拜访吴镇的，他们在精严寺碰面，陶宗仪拿出竹简诗轴，并向吴镇索要墨竹图。吴镇画的是野竹，并以狂草书野竹诗其上。这是文人之间的交流，但吴镇作为元四家之一，少与文人墨客诗词唱和、书画往来，陶宗仪作为赵孟頫的外甥，对吴镇恐怕倾心已久，他来到嘉兴，也就做了一回追星族。

在吴镇陈列室，有一块他自题的墓碑非常醒目：梅花和尚之塔。据传吴镇精于奇门先天易言，明正德《嘉善县志》记载，吴镇未殁时，尝预题其墓曰：梅花和尚之塔。墓碑左细刻：生至元十七年庚辰七月十六日，右刻：殁于至正十四年甲午。后果如期坐化。元末寇乱，古冢多被毁，唯此墓疑为僧塔而全。所谓"塔"者，在佛像出现以前，佛教以佛塔代表佛陀的涅槃，后泛指僧人的墓冢，而僧人之墓皆不书"塔"。吴镇在嘉兴春波客舍时虽与精严寺僧人过从甚密，却不曾皈依三宝，他自题的墓碑当是独一无二的。此碑高七尺，断成三节，书为隶体，现仅存中者。如近看石碑，两旁的细刻今天仍依稀可观。

我一直以为，撰修志书是一件非常严肃的事，想来很多人是不信吴镇预题墓碑这件事的，但志书恰恰记载了。

吴镇另有一个是对于自己绘画的推断。据说，当时他和盛懋对门而居。盛懋，字子昭，是元季专业画家，被称作"画工"，其作品比较符合士大夫的审美情趣，所以来他家求画的人络绎不绝。吴镇之妻劝吴镇不妨改改画风，可吴镇自信地说，二十年后见分晓，后果然如此。这一次，他大概只需凭着对自己绘画的信心，不需要什么奇门易言来预测了吧。

在吴镇的一些作品中，钤的印章中有一枚闲章最特别，为遽庐。"人生遽如许"，"遽"意为匆匆。匆匆而去的人生，能给人留下些什么呢？吴镇在他生活着的橡树下、梅花间必定时时思考着这个问题，并为之努力着。因为他对人生的思考，才有今天我们所看到的《双桧平远图》《渔父图》《芦花寒雁图》《秋江渔隐图》《竹石图》，等等。

三

在吴镇陈列室，有一幅长长的山水画很能吸引人的注意力，那是吴镇在六十五岁那年画的《嘉禾八景图》。

嘉禾就是嘉兴，秦始皇统一全国后，开始设置郡县，嘉兴当时为由拳县，三国时"由拳野稻自生"，孙权视为祥瑞，改为禾兴县。后孙权立子和为太子，为避"和"字讳，改"禾兴"为"嘉兴"。

嘉禾一地自古商业繁华，风光迤逦，人文荟萃。正像吴镇所说的，"嘉禾，吾乡也，岂独无可揽可采之景与？"那么就让我们暂且看看这是怎样的"可揽可采之景"。

吴镇的这幅《嘉禾八景图》是从嘉兴之西到东一路画来的，分别为空翠风烟、龙潭暮云、鸳湖春晓、春波烟雨、月波秋霁、三闸奔湍、胥山松涛、武水幽澜八大景观。

第一景空翠风烟，空翠亭在本觉寺，现在嘉兴西郊新塍一带，当年苏东坡三访本觉寺方丈，三次留下了题诗，后人在此建三过堂纪念苏公，今天的揽秀园里还保存了明清时三过堂记的石碑三块。空翠亭四周有竹十余亩，景色迷人，吴镇在画上提到的名胜还有万寿山、檇李亭。檇李是嘉兴更早的别称，见于春秋，嘉兴为古檇李地，郡邑多产佳李，地因以果名。春秋时吴越两国的檇李之战，就发生在这一带。考古学家、我的同乡前辈张天方博士在此作吴越界地调查，那是民国时候的事了。一幅空翠风烟，把人们的思绪牵扯得好远。

龙潭暮云之龙潭在嘉兴西门通越门外，三塔寺前的大运河一段。传说此地有恶龙兴风作浪，唐代僧人遂建三塔而镇之。1926年，美国出版的《国家地理》杂志刊出风姿绰约的三塔照片，三塔是京杭大运河上的标志性建筑。这里原有茶禅寺，也是为了纪念苏东坡来嘉兴品茶参禅。苏东坡是何等可爱，人们愿意永久地纪念他，嘉兴人一样不例外。

再说鸳湖春晓，在嘉兴城南澄海门外、真如寺北，即现在的西南湖，旧时湖中有长堤，分东西两湖，两湖似鸳鸯交颈，又说湖中产鸳鸯，后来就称鸳鸯湖了。真如寺有真如八景，真如寺东为放鹤洲，唐德宗时，名相陆贽在放鹤洲建宅园，称鹤渚；唐宣宗时，宰相裴休在此建别墅名裴岛；南宋时，朱敦儒辟裴岛为放鹤洲。其时，诗人陆游与朋友往访，留下了关于放鹤洲的诗章。《放鹤洲图》有多幅，项圣谟作《放鹤洲图》收于故宫博物院，被列为国宝。

春波烟雨之春波门是嘉兴东门，春波门外即是南湖，近代，鸳鸯湖成了南湖的雅称，南湖中有烟雨楼。明代嘉兴被誉为"东南一都会"，南湖游览兴盛，清代以诗人吴梅村为首的江南人士在南湖举行十郡大社，湖上名人云集，连舟百艘。吴梅村感怀吴昌时而写的《鸳湖曲》诗，就写到了当年南湖之盛况："酒尽移船曲谢西，满湖灯火醉人归。明朝别奏新翻曲，更出红妆向柳堤。欢乐朝朝兼暮暮，七贵三公何足数……"2007年新年里的一天，我和朋友白杨草走访《嘉兴市志》主编史念老先生，那天窗外冬雨萧萧，屋内春意融融，我们三人共读《鸳湖曲》，我们读一句，停下来，史先生讲解一句，让人想起课堂上的情景，是非常温馨的一幕。

月波秋霁之月波楼在旧嘉兴的小西门即水门，月波楼内金鱼池，是我国人工金鱼的发源地。

三闸奔湍之杉青闸，在北门望吴门外，南通钱塘、北抵姑苏，船只都要由此过闸，旧时这里帆樯如林、亭台如画，景色宜人。西岸有落帆亭，因大运河上的船只过闸落帆而得名。此地为宋孝宗的诞生地，亭后原有嘉禾墩，就是"野稻自生"的地方。稻是江南一带最重要的农作物，那么此地对嘉兴人有着不可言喻的重要了。

胥山松涛在嘉兴东十多里，伍子胥在此地扎营，山西麓旧有石横陈，长丈余，为伍子胥磨刀石，山上有伍相国祠，山间长满松树。

武水幽澜之幽澜泉在嘉兴东三十六里的魏塘镇上，魏塘也称武水、武塘，画上浮屠七级泗洲塔高耸，可惜今日塔已不存，唯有幽澜泉至今寂寂地独守一方天地。

吴镇的山水，在技法上远师五代董源、巨然，取其披麻皴和点苔之法，丘陵、坡石层层皴染，树皮又以长披麻皴来皴写，他的很多山水画都有这样的特点，但嘉禾一地多平原，这幅长长的《嘉禾八景图》，就以点簇作小树，亭台楼阁桥梁寺塔，时隐时现，每一景之间，又以词断开，却一气呵成，山水起伏，层次丰富，墨色之中见深浅，浓淡之间显荣枯，用写意的笔墨，把当时嘉兴名古迹尽收一幅，比之《清明上河图》，实是各具千秋。

吴镇《嘉禾八景图》为罗氏生前珍藏，在他逝世后，由他夫人代为捐赠台北故宫博物院。

四

走过吴镇石雕像西面的圆洞门，分两部分，北园为梅花庵，南园是办公区。

梅花庵的山门上是董其昌题写的"梅花庵"三个字，董其昌为明代著名书画家，"梅花庵"三字俊秀挺拔，山门的背面是"竹苞松茂"的砖雕，庭院左右各植蜡梅一丛，每到腊月时节，盛开的梅花映着黑墙白字的山门，甚是耀眼。往西走，穿过月门，南是梅花亭，北则吴镇墓，东有八竹碑廊，西为草书心经碑廊。

吴镇墓坐北朝南，墓基是用条石砌成八角形的，墓壁则成圆形，泥土封的顶呈圆锥形，此墓为明代嘉善知县谢应祥于万历年间重修，次年谢应祥又题刻了墓碑，墓碑上书篆书"此画隐吴仲圭高士之墓"。在谢应祥题碑之前，墓前是吴镇自题"梅花和尚之塔"的断碑。墓侧有梅花泉。墓高高的大大的，我想起在当涂看到的李白墓也是高高的圆圆的，就是还要大得多，我们沿着四周的墓道静静地走了三圈。吴镇墓的四周是不通的，墓后翠竹掩映，来这里，我们常常会默默地拜祭。这里经常是很安静的，我每次来，除了同来的几个朋友，很少碰到别的人。梅道人一生喜欢隐逸喜欢安静，这样的环境也许正适合他，是他喜欢的。但是有谁会经常地祭奠他呢？我放眼四周，唯有梅花啊，唯有梅花年年来祭奠梅花和尚。记得那年下了好大的雪，我的朋友梦里水乡赶了老远的路来梅花庵，那带雪的梅枝映在八竹碑和梅花亭，那份冰雪的美丽如此动人，几乎让我们惊呆！雪后的梅花，无雪的梅花，你是永恒的，你是梅花和尚永远的伴侣……

如果想安静地待上一阵子，不妨到梅花亭坐坐，亭内有石凳石桌。明正德中，县丞倪玑建亭，初为草亭，名"暗香浮月"，历经修葺，易草为瓦，后名梅花亭。不论名是"暗香浮月"还是名"梅花"，不变的是年年寒冬里的花香，清幽醉人！

梅花亭像梅花一样盛开在吴镇墓前，匾额上的"梅花亭"三个字是清光绪年间县令江峰青题写的，亭中有明代文学家陈继儒撰写并书写的《修梅花道人墓记》的石碑，正对着道人的墓。

梅花亭西侧为洗笔池，洗笔池之西为"千虹阁"，为纪念张大千、黄宾虹而建，张大千一度隐居于魏塘镇瓶山街，多次拜谒梅花庵，吴镇陈列室内有一幅张大千和他的好友在墓边的合影，照片中，留着胡子的是张大千，戴着帽子的是黄宾虹，此外还有名画家贺天健等人。

在墓的东侧回廊上置有吴镇"八竹碑"。明代有名的书画收藏家李日华深爱吴镇的墨竹，选了家藏仲圭画竹八幅，刻石八方，置梅花庵中。这八块碑清初被宦游者携去，康熙时钱书樵据原拓本重刻，才使遗迹得以复存。

吴镇画竹师文同，他一生对文同推崇之至。文同与苏轼之写竹，开创了文人画的新境界。文同，北宋画家，字与可，人称石室先生，元丰初年出任湖州知州，未到任而死，人称"文湖州"。他善诗文书画，尤擅墨竹，主张画竹必先"胸有成竹"。吴镇在《竹谱》中论文同之墨竹："独文湖州挺天纵之才，比生知之圣，笔如神助，妙合天成，驰骋于法度之中，逍遥于尘垢之外，从心所欲，不逾准绳。""墨竹风韵为难，古今所以为独步者，文湖州也。"这样的论调，在吴镇其他竹谱中比比皆是，他自谓"力学三十秋，始可窥与可一二"，乃至画竹半生，"晚年笔法似湖州"，终是得了正果。八竹碑之竹，叶叶着枝，枝枝着节，笔笔有生意，面面得自然，胸有成竹，笔墨两忘，正所谓："始由笔研成，渐次忘笔墨，心手两相忘，融化同造物。"

在墓的西侧有吴镇"草书《心经》"碑廊，吴镇书法有唐代怀素和五代杨凝式的笔意，笔势婉转流丽。在草书心经碑的一旁，是记载这石刻的来历经过。上面不仅有草书《心经》的内容，还有政治家、书法家刘庸等人的题跋。

吴镇书法多见之于他的画上，草书《心经》是他唯一独立成幅的书作，现藏北京故宫博物院，今天仍蛰居在古镇西塘的书法家孔庆宗先生评吴镇草书《心经》："点画浓重处笔力直透纸背，深沉雅健，飘逸处虽细如毫发，而使转屈曲如万岁枯藤，时露飞白，若隐若现如远山蒙云，迷惘恍惚，而布白疏朗多姿，似无法实法备。字字顾盼，行行映带，既极尽变化，又归于平正，笔意连绵如行云流水……"又说："总论吴镇草书《心经》，学张旭而去其怒张，法怀素而泯其夸张，得五代杨凝式之沉着，有三代金文之古质，动中寓静，柔中寓刚，笔势凝重而不滞，飘逸而不偏软，有深刻之内涵，无浮躁之迹象，行款错落聚散而别有韵致，结体奇特而不怪诞……"孔先生认为，吴镇"草书《心经》，是和赵孟𫖯书风相对立的一座草书丰碑"，吴镇"不但是有元一代杰出的文人画大家，更是有元一代独一无二的草书大家"。我在写作本文之前，非常及时地得到县文联主席曹琦老师的赠书《吴镇学术研讨会论文选》，孔先生此文也收录其内。

墓东侧即为梅花庵，最早在明万历间为守墓而建，有前殿、后殿，北面原为僧舍。

南园主要是办公区，门前和曲廊、亭前分植红梅绿梅等梅花多枝，西廊为碑廊，陈列清代"仁本堂墨刻碑"。

嘉兴三塔（浦愉忠摄）

五

说吴镇诗书画三绝，但真正提到他的诗，其实并不多，多半是在谈画的时候谈到他的诗，这主要的原因，可能在于吴镇的诗，多半是题在画上的。明代邑人钱棻收录的《梅道人遗墨》，记录了吴镇的题诗、词、跋等百余首，清代顾嗣立将《梅花庵稿》收录在《元诗选》里。

吴镇画过很多竹子，也写过很多竹子的诗。野竹是他画中的一种，他这样题诗："野竹野竹绝可爱，竹叶扶疏有真态。"他写悬崖竹："俯仰元无心，曲直知有节。空山木落时，不改霜雪叶。"

他眼里的竹子是这样的与众不同："众木摇落时，此君特苍然。节直心愈空，抱独全其天。"

和竹子在一起，吴镇是闲情的，"我爱晚风清，顺适随所赏。""闲窗暝色佳，静赏欢易足。"他静观竹子的时候，"相对两忘言，只可自怡悦。"那种快乐，别人是体会不到他的。

闲愁来的时候，是写竹："愁来白发三千丈，戏写清风五百竿。"心中有忧愤，还是写竹："心中有个不平事，尽寄纵横竹几枝。"

更奇的是，竹也醉人。"八竹碑"第八幅上吴镇有题识，他说，东坡在湖州游山时，遇风雨而画风竹一枝于壁间，自己去时看到了，摩挲着不忍离去，实在是爱东坡的风竹图，常常想起，故也画一风竹，最后他说"竹醉日书也"。好个竹醉日，早年书上看到有人以汉书下酒，心下称奇，现今又读到吴镇此句，真是竹如书如酒，酒不醉人人自醉啊。想想此时的吴镇，胸中大概只有竹子了，他是最欣赏文同的"成竹在胸"的呀。

竹子是这样地理解他、给他慰藉，他和竹子是心意相通的，不单是竹子，能够理解他的真的很多。面对浮尘，他感叹："幽人日无事，坐听山鸟啼。鸟啼有真趣，对景看山随所遇。乾坤浩荡一浮鸥，行乐百年身是寄。"人就像天空中一飞鸟，又是时间长流中一匆匆过客而已。

因为这样，他就更加迷醉于山水了："林深禽鸟乐，尘远竹松清，泉石俱延赏，琴书悦性情。"我想象这个时候他就在太湖的深山里，走得远远的吧，离尘世远远的吧，自有琴和墨带给自己无限的快乐。

那首《渔父图》上的题词："洞庭湖上晚风生，风触湖心一叶横。兰棹稳，草衣轻，只钓鲈鱼不钓名。"吴镇是足用来明志的。他流连泛清波，与群鸥往来，同烟云为伍的日子，他举手捧起明月，举杯则山光入杯，这是怎样的苍茫迷人。

诗与画与书法，是吴镇一生的密友知己，没有比这样的朋友更能理解他了，所以他又借竹子写下这样的诗句："倚云傍石太纵横，霜节浑无用世情。若有时人问谁笔，橡林一个老书生。"老则老矣，彰显个性的书生意气不改。

六

说来惭愧，我们身为吴镇的同乡后人，却并不经常来这里。但是若是有远方的朋友来西塘，很多时候我们会一起过来。那一年，命运对我垂爱有加，也就是在这里，我开始确定了嘉兴文化名人故居的写作。那是 2004 年的深秋时节，文学评论家周立民兄应邀来西塘，在他回去之前，我和朋友庭前小雨陪他来到梅花庵，就是在吴镇墓前，他建议我写写嘉兴的文化名人故居，他是看到嘉兴有太多太有影响的文化名人。那一刻，我心里并没有多大的把握，但是有很大的兴趣，我说去试试吧，我很怕自己笨拙的笔根本写不出那些我所崇尚的文化名人的丰采，但是我还是决定了下来。随后的那些日子里，我开始了这个文化之旅的缓慢的阅读和行走，这个系列的写作也一直在立民兄的指导和鼓励下进行的，渐渐地我沉迷了进去，越来越喜欢……

后来我仍陪着朋友一次次地来梅花庵，玲儿、往事、白杨草、册子……每次朋友来，我们都愿意在梅花亭坐坐，读几句碑文，倾心长谈。

梅花是安静的、从容的，没有媚俗的纷争，没有尘世的争艳，恰如我们的心境，一样安静而从容。

忆昔者陈继儒驾扁舟过武塘访求梅花道人墓，长揖榛莽中，徘徊良久，滔幽澜泉水种梅花数枝于墓上，招其魂而归之。正可谓怆然涕下，令今天的人们读来唏嘘不已。

吴镇是在橡树的秋风送爽中离去的，至万历初年，橡树也随秋风而偃，陈继儒来梅花庵时，大约橡树已经荡然无存了。今天在梅花庵，我当然更找不到这样的树，好在梅花翠竹陪伴着画家长眠。

如今的梅花古庵，梅花傲霜，青竹含翠，一派生机盎然。比橡树先行消逝的是吴镇其人，和梅花翠竹永存的是吴镇的人格和画风。我想，这正是梅花庵经久不衰之所在。

2007 年 1 月

朱彝尊与曝书亭
——朱彝尊故居

冬日的曝书亭非常安静，人们三三两两地，或静坐在六峰亭、曝书亭一隅，或闲走在娱老轩、潜采堂门前，或驻足在醧舫的墙边。在这个温暖的冬日，我们走在小园的石板路上。想起几百年前日日走在这条石板路上的庭园主人朱彝尊，他曾经非常自豪地说："拥书八万卷，足以豪矣。"潜采堂便是他的藏书楼，而曝书亭正是他晒书的地方。

朱彝尊，清初著名学者和诗人，被尊为"一代文宗"。他字锡鬯，号竹垞，晚号小长芦钓鱼师，又号金风亭长。朱彝尊出生在一个破落的书香之家，曾祖父朱国祚为明代状元，官至户部尚书兼武英殿大学士，这是朱氏最显赫的一代。到了朱彝尊父亲那一代，家道已经中落，但朱彝尊钟爱读书，某年大旱，家中无以举炊，却依然书声琅琅。他自小在叔父的指导下弃八股而习《左传》《楚辞》《文选》等，由此打下了古文的坚实基础。

朱彝尊出生于嘉兴碧漪坊，青年时期因避兵乱而四处迁徙，梅会里是几度搬迁后的结果。

梅会里，今嘉兴王店镇，镇名的来历与五代时期一个名叫王逵的人有关，王逵官至工部尚书，因不满官场黑暗而辞官隐居于此，志书上说："自逵构屋于梅溪，聚货贸易，因名王店。"又"镇遏使王公逵居此，环植梅花，故称梅里"。市河梅溪沿主街流入长水塘。王店以"梅"冠名的雅称就有梅里、梅会、梅汇、梅会里、梅溪、梅花溪等。和梅花一样，王店是一个风雅之所在，这当然还因为，此处有一个曝书亭，曝书亭虽则是一个普普通通的亭子，但曝书亭又岂是一个普普通通的亭子，从文化意义上说，它早已成为一种象征，生生不息地影响后来者。清代学者冯登府在《重修曝书亭记》中说：曝书亭盖"栖魂魄于此，千秋之名，身后之事，系于一亭焉"。继而又有"梅里，诗海之一波也……"的赞誉，是对朱彝尊和梅里的推崇。今天的嘉兴地方报《南湖晚报》的《曝书亭》栏目历史已久，其文章总是充满了浓郁的地方人文色彩。

朱彝尊是在四十一岁那年买宅于邻，因宅西有竹，乃至后来他以"竹垞"自号。梅里的悠悠长水，牵动着诗人的心。多年之后他客居北京郊外，请画家曹次岳画《竹垞图》长卷，朱彝尊当时为此而作《百字令·索曹次岳画竹垞图》词一阕。又经数年，因劾落职，引疾归田的朱彝尊将此词书于卷端，并题跋语于其后，说"因付装池，并书前阕，以要和者"，于是乎出现了文坛高手相继和词的一时盛况。康熙三十五年（1696）朱彝尊六十八岁，始筑曝书亭于所居荷花池南，为此他写了《曝书亭偶然作》九首诗。曝书亭呈正方形，北檐下的"曝书亭"三字为清初文学家严绳孙所书。亭子北面两青石柱上镌刻杜甫诗、汪楫书、阮元摹的楹联："会须上番看成竹，何处老翁来赋诗。""上番"是四川方言，指植物不断成长。此联还真适合曝书亭的意境。朱彝尊一生爱竹，每徙，必选有竹之地居之。如今，曝书亭南一大丛翠竹劲秀挺拔，竹叶翻飞间，曾有多少诗意在涌动。

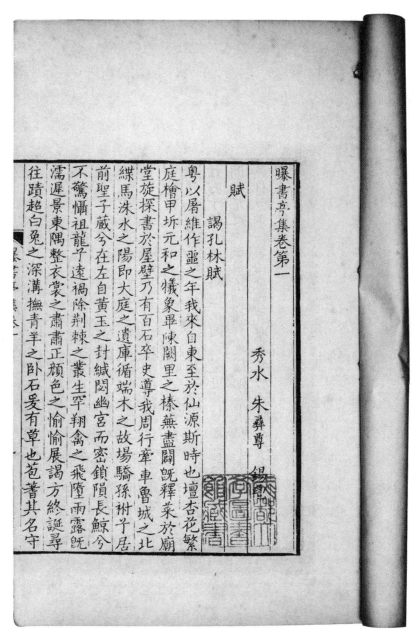

曝書亭集卷第一

　　　　　　　　　　秀水　朱彝尊　錫鬯

賦

　謁孔林賦

粵以屠維作噩之年我來自東至於仙源斯時也壇杏花繁
庭檜甲坼元和之犧象畢陳闕里之榛蕪盡闢既釋菜於廟
堂旋探書於屋壁乃有百石卒史導我周行牽車魯城之北
緤馬洙水之陽即大庭之遺庫循端木之故場驕孫衦于居
前聖子蔵兮在左自黃玉之封緘閟幽宮而密鎖隕長鯨兮
不驚惆祖龍兮遠禍除荊棘之叢生罕翔禽之飛墮雨露既
濡遅景東隅整衣裳之肅肅正顏色之愉愉展謁方終誕尋
往蹟超白兔之深溝撫青羊之卧石爰有草也苞著其名守

《曝書亭集》

诗词文是曝书亭主人的一绝，竹垞之文和汪琬并驱。诗与王士禛齐名，时称"南朱北王"，领袖诗坛。他还是浙西词派的创始人，以他为代表的浙西词派和以陈维崧为代表的阳羡派，在当时词坛并峙称雄，朱彝尊与陈维崧、纳兰性德并称"词家三绝"。2004年那几个寒冷的雪夜里，我一直就在读和抄写朱彝尊的诗词，雪夜诗心继而生梦，感觉非常的温暖和舒畅。竹垞诗意境甚美，如他的《闲情》其八中有几句："门前种树名乌臼，水上飞花尽碧桃。三里雾同千里远，九重楼恨十重高……"，据说诗人吴梅村游携李见其诗，赞叹道：如果遇到贺知章，你就是谪仙人了。竹垞一生漫游，写过好多怀古凭吊诗，友人众多，又写过不少酬赠之作。后人高度评价其诗："诗至竹垞，性情与学问合。"

竹垞诗风格清新隽永，他在四十六岁那年客居北京郊外潞河时写的《鸳鸯湖棹歌》，融地名、人物、出产、典故于一体，把那时的嘉兴写得摇曳生姿，令人击节叹服，真可称为一部有韵的嘉兴地方志。"侬家放鹤洲前水，夜半真如塔火明。"这样的诗画一度在嘉兴梅湾街的建筑外墙上随处可见，我每每路过此处，总要注目。

郁达夫也非常喜爱朱彝尊的诗，称"'怕解罗衣种莺（罂）粟，月明如水浸中庭'，艳丽极矣。"朱彝尊诗下原有注："禾中产罂粟。相传八月十五夜，俾女郎解衣播种，则花倍繁。"这确实是非常奇妙的，让人感叹大自然的非凡之力。因为这样的诗，才有郁达夫的追忆："鸳湖旧忆梅村曲，莺粟人传太史歌。"吴梅村有《鸳湖曲》留史，朱太史写下棹歌传唱。

朱彝尊《鸳鸯湖棹歌》一出，和诗、补诗、续和的延绵不绝，古代有谭吉璁、陆以诚、张燕昌等名家，当代又有诗人庄一拂、诗人兼印人沈茹菘、词人兼画家吴藕汀等人的和诗，有确切数量的十四家，计一千三百七十四首。棹歌一唱三百年，这在嘉兴，成了一个非常独特的文化现象。康昕、史念、蔡明先后有《鸳鸯湖棹歌》笺注的出版。

潜采堂在曝书亭及荷花池之西，堂内悬着"研经博物"的匾额。康熙十七年（1678）朱彝尊五十岁那年应清王朝"博学鸿词"之征，以布衣授翰林院检讨，入史馆纂修《明史》。而后二度被罢官，其后《经义考》《曝书亭著录》皆成。七十七岁那年，康熙南巡至浙江，朱彝尊四度迎驾，并在朝见时进所著《经义考》《易书》，康熙乃以"研经博物"四字匾额赐给朱彝尊，此匾已佚，现在的匾额由书法家张宗祥所书。潜采堂的西墙上有朱彝尊石刻像，头戴笠帽，面带微笑，神态自若。

　　如今的潜采堂空空荡荡的，再也见不到昔日八万卷藏书的踪影，今人唯有怀旧而已！当年朱彝尊在《曝书亭著录序》中说："吾之书终归不知何人之手？……书之幸与不幸，则吾不得而前知矣。"这确实是很悲哀的，朱彝尊一生藏书，几经波折，最后也只是空留曝书亭而已。

　　说到朱彝尊的藏书，还有一些有趣的故事。他最早的藏书是自岭南归来访豫章（南昌）书肆购得的五箱图书，此时清政府兴文字狱，五箱图书尽佚。此后，朱彝尊在长达十多年的游幕生涯中，不断地收藏图书，他曾用二十金购得明项氏万卷楼残帙，又抄得范氏天一阁、黄氏千顷堂秘本。在任纂修官时，常携带一名抄书手私入禁中抄录四方所进图书，充实自己的收藏。此事遭人告发，结果被罢官，时人谓之"美贬"。但他并不后悔，曰："夺侬七品官，写我万卷书，或默或语，孰智孰愚。"

　　民间更是流传着这样的故事：一天，朱彝尊躺在荷花池旁，袒胸露肚地晒太阳，恰被微服私访的康熙皇帝碰见，问其原委。朱叹道："我一肚皮书派不上用场，都发霉了，晒晒太阳，免得霉烂。"康熙回京后，招其面试，见他满腹经纶，便封了官。后来，人们在当年的荷花池旁筑了一个"曝书亭"，朱彝尊晒书的故事也就广为流传了。这当然是不真实的，却至少说明，民间非常推崇朱彝尊的藏书和学识。

　　我们漫步在曝书亭，冬日的阳光透过林间的枝叶暖暖地照在身上，和我们的脚步一样地随意而闲适。遥想当年，曝书亭的主人是多情的，他的《风怀二百韵》便是一个明证。风怀诗抒写与其姨妹的私情，情意绵绵。有人认为，朱彝尊的《静志居琴趣》一卷，皆《风怀》注解。夏承焘有诗云"朱十风怀漫断肠，江湖情话不堪长"，写得亦颇有情趣。竹垞晚年自编《曝书亭集》，宁愿身后不入文庙也不愿删除此诗，可见其用情之深。丁绍仪在《听秋声馆词话》中说："太史欲删未忍，至绕几回旋，终夜不寐。"看来，下这个决心是非常不容易的，今天读诗的人想象不出当事人当时心中那份痛苦的折磨有多深。

有一阵子我们坐在醲舫边荷花池前的条石上。当年主人就在醲舫看书会客聊天喝茶，闲着的时候便漫步在小石板路上，走到青枝绿叶间，也或者到曲桥上垂钓。朱彝尊晚年回到家乡写诗著书，在曝书亭的日子，应该是他一生中度过的最悠闲的时光吧。早年的朱彝尊，曾活跃在各地，秘密参与了抗清的活动，这在他的诗文中也有隐晦的记载。朱彝尊从抗清到仕清到悔恨，走过了他一生漫长的道路，经历了心灵的几度煎熬，那么政治路上他又是怎样一个人呢？

正当明清易代之时，与所有的热血青年一样，面对乱世，面对清兵的烧杀抢掠，朱彝尊的心头充满了悲凉和愤慨。他十七岁那年，历史上发生了乙酉之变，南明小朝廷覆灭。清兵破扬州史可法殉难，攻入南京钱谦益迎降，嘉定三屠等，都发生在这一年。为避兵乱，朱彝尊随家人移居乡村。这一年，他"始学为诗"，留下了表达内心苍凉的《悲歌》："我欲悲歌，谁当和者？四顾无人，茕茕旷野。"可以想见，这个时候的青年诗人，内心是孤独的、彷徨的、茫然的，路在何方？前途茫茫，不幸，这样的苦闷伴了他一生。

朱彝尊二十二岁，江、浙士人在嘉兴南湖集会，时称"十郡大社"，湖上连舟百艘，声势不凡。朱彝尊赴会，与吴梅村等相识定交，引来吴梅村"谪仙人"之叹。之前，他的诗文受到里人曹溶的赏识。曹溶是朱彝尊的前辈先贤，家多藏书，著作颇丰，后一辈的朱彝尊等都受到他的影响。他虽身仕明清两朝，却与当时大批反清、抗清义士有深交。此种情形对朱彝尊多少也有影响。

三四年后，在嘉兴，朱彝尊和抗清士人魏壁相识，此后，往山阴（绍兴），结识了祁氏兄弟等一批抗清义士，在广东两年，广泛地结交抗清志士，尤与诗人屈大均相交更深，后屈大均到山阴，一起参加祁氏兄弟的反清活动。

这样的思想意识，朱彝尊在诗中有所反映，如"乡国不堪重伫望，乱山落日满长途"（《度大庾岭》）；"珍重主人投辖饮，几回把酒意茫然"（《题廊下村主人壁》）；"遗恨空千载，长歌动百忧"（《舟次皋亭山》）；"秋草六朝寒，花雨空坛。更无人处一凭阑。燕子斜阳来又去，如此江山"（《卖花声·雨花台》）；等等，表达了诗人长河落日远、把酒意茫然的种种无奈。

朱彝尊中年之后，依然在各处漂泊，毛主席曾亲笔抄录朱彝尊在四十多岁时写的《解佩令·自题词集》："十年磨剑，五陵结客，把平生、涕泪都飘尽。老去填词，一半是、空中传恨。几曾围，燕钗蝉鬓？　不师秦七，不师黄九，倚新声、玉田差近。落拓江湖，且吩咐、歌筵红粉。料封侯，白头无分！"诗写得悲壮，也很无望，一句"料封侯、白头无分！"引发无限的落寞，所谓功名，到底在哪里？自己虽然博学多才，才华却无处施展，而多年的漂泊无定，思乡之情更浓，于是棹歌声久久地盘旋在他的心田，百首《鸳鸯湖棹歌》而成。

徘徊彷徨的时候，转机来了，朱彝尊五十岁那年，朝廷以撰修《明史》，特开博学鸿词科以征博学鸿儒，当时最有名的文士，几乎无一例外地被卷了进去，一向反清意识强烈的顾炎武、吕留良等人，虽被举荐却不赴，朱彝尊等人入选。朱彝尊授翰林院检讨，直至进入南书房。

人们难以理解，一个曾经积极的反清人士，怎么会在晚年入清廷任职？朱彝尊前后的思想是不是太矛盾了？又该怎样解释这种现象？

当是时，天下形势发生了根本性的转变，明亡已有三十多年，国家因乱而治，社会趋于稳定，经济平稳发展，就连顾炎武纵然抗清之志未灭，行动上也不再激烈，何况康熙皇帝不是一个平庸的人，他不但雄才大略，且勤奋好学，除了掌握几种民族语言，还会好几种外语，不但精通诗词歌赋，还研究自然科学，对照晚明朝政腐败，皇帝昏庸，奸臣当道，忠良被害，康熙皇帝不知要高明多少倍，那么朱彝尊之出仕，既是对齐家治国平天下儒家思想的实践，也是对康熙皇帝的认同，他对康熙的认同，实则是对文化的认同，是一个文人对另一个文化人的认同。如果一个昏君一个暴君，你还要竭力拥戴他，死心塌地为他尽忠，那才是是非不分呢，而中国历史上，因为根深蒂固的儒家"君君臣臣"思想，这样的人实在太多。至于民族之间的纷争，我向来没有什么偏见，汉也好，满也好，只要是优秀的，融入进去，必是大势所趋。

但是朱彝尊还是后悔了。

对于朱彝尊出仕一事，引人沉思的是他的《吊李陵文并序》一文。当年李陵忍辱投降，只有司马迁为他辩护，说他不是怕死之徒，而"以为有国士之风"，为此司马迁受了宫刑。后来远在匈奴不畏强权的苏武要回国了，他要李陵一起回去，李陵回复说，当时不死，想有所作为，报恩于国主，可是大事未成，全族被汉皇所灭。故而朱彝尊感叹道："呜呼！才士之不遇于世，自古然矣。"朱彝尊借古喻今，说李陵，也是在说自己吧？他也想像李陵所说的，想有所作为，但人们并不理解他，不遇于世也。因为不被理解，才有悔意？黄宗羲八十寿辰时，他在《黄徵君寿序》中说："予之出，有愧于先生。"既是对黄宗羲的敬重，也是对自己出仕的愧悔。

但我觉得其实也大不必愧悔的，明末朝政腐败，人民处于水深火热之中，这样的政府还有什么信任可言？还有什么可托付的？所以才有李自成的揭竿而起，而出仕后的朱彝尊，借编《明史》之机，几次要求褒奖殉明之士，又辑《明诗综》，将抗清、遗民志士的文章悉数收入，不在这个位子上，他不可能做这样的事，而做这样的事，更是需要多大的勇气和胆量啊，甚至冒杀头的危险。

国学大师钱仲联在与他的弟子讲清诗论及钱谦益时，认为沧桑之变中，看人要看其大节，不可过拘小末。如何评价身处历史漩涡中的人们，这是一个比较理性的尺度。

因为竹垞的出仕，他在身后招来了非议。但不管怎么，朱彝尊给后人留下了《经义考》三百卷、《日下旧闻》四十二卷、《曝书亭集》八十卷等，还编了《明诗综》一百卷、《明词综》二十六卷，等等，这些是足够让家乡人引以为豪的。

王店，更因为朱彝尊，而在清初产生了名播浙西的"梅里诗派"，"梅里诗派"最终成就了王店的诗名。据史料记载，王店仅清代编纂传世的诗词总集就有八十二卷，《梅里诗集》及其续集，辑录了当地元、明、清诗人达四百八十八家之多，诗四千七百二十九首。这在一个县以下的小镇，是罕有其匹的。

朱彝尊谢世不足百年，浙江学政阮元来访曝书亭，徒见满园荒芜，南垞北垞皆桑田，池干荷枯一片萧条。阮元一代名儒，才学非凡，且又是性情中人，他不忍曝书亭影迹全无，就其地重建之，于嘉庆二年（1797）建成。此前，他在试毕嘉兴得以看到曹次岳《竹垞图》，嘱人摹写一帧，把朱彝尊《百字令》原词与原先的一批和词录于摹卷之上，再向文坛名家遍征题咏。阮元自己在看过《竹垞图》和曝书亭落成后，也有过几首《百字令》的和词。

阮元对于曝书亭这一文脉的传承，使《竹垞图》题咏活动前后绵延了两百三十年，吸引了连续六辈的一流词家六十六人的唱和《百字令》共七十四首，为此，尤裕森利用业余时间完成了《竹垞图·曝书亭百字令词选注》的选编。2004 中国·嘉兴江南文化节系列活动之一，是以朱彝尊《百字令·索曹次岳画竹垞图》一词为创作选题，特邀全国印学界高手名家创作了篆刻、书法各二十二件，《古韵锋会留痕》便是这样的结果。此外，中国美术学院教授山水画家何加林根据朱彝尊这首词的意境创作了《竹垞全景图》。人文的气息弥漫在曝书亭周围，绵延了几百年，生生不息，诗意而空灵，令嘉禾一地光彩照人。

朱彝尊不仅学问淹博、出经入史、诗词绝伦、文章精妙，他还写有一手好书。《节临曹景完碑》，隶体清秀，俊美飘逸，令人叹服。志书上又说他"亦能绘事，画山水烟云苍润，得书卷气"。所谓书画同源。

一代才子精魂已杳，他的风采却永远地留下了。今天，同样喝着鸳鸯湖水长大的青年雕塑家陆乐，操刀重塑一代文宗雕像于嘉兴西丽桥堍的草地上。一块块叠加起来的石头，朱彝尊端坐其上，是在低头沉思么，是在寄情吟诵么，是在静心看书？而这一块块叠加的石块，正如他一部部的作品。朱彝尊雕像的边上，乃至整个环城河绿化带，各种形式的景观雕塑，刻着朱彝尊鸳鸯湖棹歌百首，不事张扬地分布在各处。草地因着这些雕塑，益发地秀美了。鸳鸯湖水波荡漾，如何让人不动情？

2005 年 1 月，初稿
2007 年 4 月，修改

大师匆匆而过的身影
——沈曾植故居

　　嘉兴姚家埭 1 号是沈曾植故居。

　　我第一次无意中拐进这个院子时，对老屋的旧主人一无所知，直至看了介绍，才有了一些了解。展厅里没有什么人，沈曾植像孤零零地守在那里，守着他的故园，我也感觉非常孤单，又很陌生，很快就离开了。后来，我接触到一些嘉兴地方志，对沈曾植才加深了印象。嘉兴图书馆百年馆庆活动那天，正值周一。活动结束后，我有些无所事事，想到极少在双休以外的日子来这里，便去拜访一起参加庆典、此时已回到办公室的小说家薛荣，小坐之后，我们去附近的沈曾植故居参观。除了我们，还是不见别的游客，好在这一次，我并不孤单。再看沈曾植像，似乎也多了一份亲近感。

　　第三次叩访这里已到了农历甲申年的年底。我从图书馆出来，乘上 8 路公交车，一不小心过了站，从禾兴北路返回南路时，感觉北风是那么地刺骨，而街上是那么地热闹，行人熙来攘往，各式车子南来北往，向店堂望去，一片火热，人们在忙着打理年货。我脚步寂寂地跨进这个院子，陪伴我的同样是一片寂静。不过，这时的我，对于王国维、王蘧常、钱仲联、葛兆光、柯文辉等一些与沈曾植有关的名字已熟稔于心，我来重访，最迫切的，是想把老屋主人诗中的驾浮阁、晁采楼、东轩等与现实作个比较，心想，或许还能从依稀旧迹中读出一段故事来。

和我前两次来时相仿，老屋依然空荡。身后的寂寞正反衬了大师高深的学问，普通人如我们只能浮光掠影地从他的著作名称中知道个大概，又哪里深究得了？但寂寞又何妨呢？学问原本从寂寞中来。作为大师的沈曾植不曾例外。

沈曾植，字子培，号乙盦，晚号寐叟，浙江嘉兴人。驾浮阁等楼阁厅堂便是沈曾植在嘉兴的故居雅号。

走进驾浮阁，一眼便见沈曾植的半身铜像，戴着眼镜，留着胡须，着一件门襟衫，身后还留一根长辫，传统的遗老形象。铜像后面，是很大的六块匾，上面是沈曾植的章草书法作品。悬挂其上的"驾浮阁"三字和两旁的抱柱联，由其弟子王蘧常所书，是另一种章草，我求助了正在那里的工作人员才识得抱柱联上的内容："留海日灵光公原永在，继匄孔绝学径接孤综。"再看沈曾植像，那不太看得出表情的眼里，自有一股深邃。继匄孔绝学岂是易事，径接孤综更是难上之难，所以才有海日楼灵光之永在。

海日楼是沈曾植在上海的寓所，"海日楼"典出唐代诗人王湾的诗："海日生残夜，江春入旧年。"残夜未尽日已升，新年未到春先到，充满了希望，如沈氏的学问。

驾浮阁和北面的晁采楼在建筑上呈走马堂楼的格局，那四面围合的院子里植有两株桂花。"晁采楼"三字也王蘧常书。晁采楼之楼下厅内，是有关沈曾植的生平及作品等介绍，分为五大内容：生平行迹、学术大师、书法泰斗、诗坛巨子、蜚声中外，内容丰富，图文并茂，其中包括

沈曾植

根据王蘧常《沈寐叟年谱》编写的"沈曾植年表"和"沈曾植主要著述目录"。那些著述，是很让人望而生畏的，地理方面有《蒙古源流笺证》等著述，律令方面有《汉律缉存》等作品，还有佛学方面的《佛国记校注》等、历史方面的《女真考略》等，可谓著作等身，当然诗文、音韵、书法、笔记等，则更多了。其著述，普通人恐怕只能读读他的诗吧，但其诗也高古精深，一如他的学识。最为人接受的还是他的书法，他以草书著称，取法广泛，融汉隶、北碑、章草为一炉，自成一体，受到当时书法界的推崇。

这次很幸运的是，有一位对故居非常熟悉的朋友，他为我推开了旁边紧闭着的一扇门，我便随他上楼得以一走。我们从晁采楼的西梯上去，首先来到大师的书房。靠近南窗沾满了灰尘的书桌上，摆放着文房四宝，旁边是一只青瓷画缸。书桌后面，是书橱和书柜，书柜的小门上，还标着"四部""丛刊"等字。书桌上，尘埃里，仿佛看到一个埋首案卷的身影。

沈曾植出生于京师南横街的老屋，是沈家的次子。8岁丧父，童年生活很清苦。他的启蒙老师请的是一些亲戚熟人中在京待考者，因抽空来教一阵子，教学都不到一年。他后来在《业师高先生传》中，深情地回忆给了他很大影响的高伟曾师。沈曾植家境贫困，曾忍痛以祖传《灵飞经》初拓本送当铺换钱买米，但就是在极其艰苦的条件下，他开始了大量的阅读，婚后，又开始治边疆地理学、研究法律，十年寒窗之后，已是学富五车了。光绪六年（1880）的礼部会试，圆了他的进士梦，并深得副考官翁同龢的赏识，这年他三十一岁。

他第一次来嘉兴故里，便是考中进士跨入仕途后放假归里省亲。可以想象，这时的沈曾植该是怎样地扬眉吐气、意气风发，这一年里，沪杭穗苏等地都留下了他的足迹。

晁采楼楼上正中是休息室，东为卧室。走过两旁的厢楼来到驾浮阁的楼上，五开间的房屋里，如今空荡荡一片，显得有些大。当年主人曾经推开这里的窗户，写下《驾浮阁夜望》："大地平沈相，高楼昧爽辰。憬然千劫世，已尽百年身。露上清花气，风微整角巾。还将瓢饮意，相与井亭民。"当然，写这首诗，已是暮岁之时主人归隐之后了。

省亲后回到北京，沈曾植先后在刑部、总理各国事务衙门等部门供职。其间，康有为上书请变法维新，有沈曾植的参与。中日甲午战争之后，沈曾植上书建议向英国借款修建铁路，主张用发展经济、增加国力来保护国家。他还积极地游说户部尚书翁同龢，力主开办新式教育的学堂，开设国家银行。沙俄企图谋取在我黑龙江上的渔业及航务利益，他据理力争，令对方理屈词穷，无计可施。作为清廷的一个中坚分子，沈曾植是一个维新派，更是一位爱国者。

正在这时，他的母亲病逝。沈曾植自幼失怙，母亲含辛茹苦地抚养四个儿子长大成人，他对母亲是深怀感激的。现在他奉母灵柩南归安葬，又一次回到了故里，两年后又返嘉兴合葬父母于祖茔。在嘉兴王店榨部村（现秀洲区王店镇太平桥村）的祖茔前，他几度洒下了热泪。

随后，他受湖广总督张之洞之邀赴武昌，主两湖书院史席。这时，维新变法开展得如火如荼，但很快，慈禧太后发动政变，戊戌变法失败，沈曾植虽因丁母忧而幸免于难，但戊戌变法的失败，给了沈曾植精神上一次重大的打击，从此他被后党划入另册，他也因此转向诗创作，在诗中寻找安慰寄托情感。他在武昌城南的"株园"与诗人陈衍、郑孝胥研谈古今诗风，评议古诗。

政治风云突变，但不改沈曾植爱国者的赤诚和革新派的热情。八国联军入侵中国，沈曾植奔走南京武昌，与张之洞等人商定联合行动，以保全大局。他在任上海南洋公学监督时，改革旧规。在任安徽提学使时，赴日本考察新政学务，探索"冶新旧思想于一炉"的途径……在沈曾植的心中，改革旧规实行新政富强国力是他不遗余力要做的事。

安徽也实在是一个了不起的地方，虽然桐城古文派历史悠久，但这一点不妨碍这个地方对于新思想的接纳，尤其在新式教育上很得风气之先。光绪二十八年（1902），吴汝纶等人赴日本考察学制，回来之后创办了桐城学堂，即今天桐城中学的前身。五年之后，沈曾植一到安徽任上，就去日本考察了。他又招揽了许多著名学者，如方守彝、马其昶、姚永朴等，使皖学达到最盛期。

但现实是很让人失望的，任何的改革良策在清末这样一个没落时期已经不太起作用了。因为痛苦，他便萌生退隐之意。宣统二年（1910），沈曾植六十一岁，清廷贵族贝子载振路经皖境，当局命出巨款招待，他拒绝受命，得罪了上司，便上书乞退回故里。老屋再次迎来它的主人，于是便有了《驾浮阁夜望》《东轩远望》等诗的出炉。

老屋第三进的东轩，是一幢两层楼的三开间建筑，钱仲联书写的"东轩"两字和老屋一样地安静着。东轩前面的院子里，植有几丛牡丹，也并不张扬。现在的东轩，已辟为嘉兴携李金石书画社的活动室。在二楼，我看到一张很大的书画桌，笔墨纸砚随意地放着。楼上楼下的墙壁上，都挂着书画社成员的作品。继承前人的艺术并发扬光大，应是后人不懈追求的目标，尤其在这样一个文墨浓郁的地方。

沈曾植被誉为"书坛泰斗"一点不为过。他早年精于帖学，得笔于包世臣，壮年时嗜张裕利，晚年书法由帖入碑，融南北朝书流为一体。他的字体势飞扬，个性鲜明，奇取横生。如今在晁采楼的书房里，那只厚重的书桌旁边的陶瓷画缸里，依然陈放着一轴轴的书画作品。学问和艺术成了沈曾植这位学术大师、书坛泰斗生活中不可或缺的一部分，并相得益彰地丰富了他不寻常的人生。

王国维对沈曾植甚为推崇，他在《沈乙盦先生七十寿序》中写道，清代三百年间，学术三变，清初为经世之学，创于顾亭林；乾嘉是稽古实学，创于戴东原、钱竹汀；道咸以降，学术又转新，首推嘉兴沈曾植先生。

学者钱仲联先生又从学术说开去，比较了他同时代的几个人："寐叟生值清季，觅见历代古物及新发现之文献珍品，以其乾嘉治学之法治之，于辽、金、元史，西北、南洋地理，尤所究心，于甲骨文，敦煌秘籍，靡不究心，融为一冶。与罗振玉、王国维诸先生论学开一世之新风，而罗、王包罗之广犹不能及寐叟，寐叟于学术外，尤擅书法绘画，此皆罗、王所不旁及者也。论并世学人，或与太炎章先生并列，然太炎不信甲骨，治学趋向，一以清中叶为归，结一代之局则有余，若云创新，则逊寐叟一筹矣。"无论学问还是艺术，沈曾植都是顶尖级人物。

据传沈曾植在临终前数小时仍握笔挥书，写成两联。一联书于五尺白冷金笺上："石室竹卷长三尺，山阴草迹编千文。"有王国维等人题跋。一联行书写在五尺宣纸上："岑碣熊铭入甄选，金沙绣段肋裁纰。"题跋者有马一浮等人。更有故事说，晚清著名的"四公子"之一的吴保初因病逝世，其长婿章士钊请章太炎、康有为为之撰墓表、墓志，本来还想请康有为再为之书丹，康则谓："寐叟健在，某岂敢为？"后由康有为撰写墓志，沈曾植书丹，珠联璧合，传为书坛佳话，可见沈氏书法的魅力之所在。

"还将瓢饮意，相与井亭民。"嘉兴故里给了沈曾植一种世外桃源的宁静生活，他也开始倾心于佛学，可是他内心真的轻松吗？他真的做得到埋头读书，不闻朝政？据《沈寐叟年谱》载：沈曾植归里后，"日惟万卷埋身，不蹰户阈。及闻国事，又未尝不废书叹息，欷歔不能自已。"看来，他的心，他的思想感情，终究和清王朝割舍不断，哪怕他对其非常失望。他曾在一首诗中这样写道："新岁见新月，北人思北风。"又说："却到故园为寄客，长怀旧德对荒墩。"是那种不知何处是故乡的味道。他始终把自己和北方的清廷联系在一起，而他的生活位置，理应在北京、上海这样的大城市。

所以嘉兴故里也不是他久待的地方，他是这一地的匆匆过客。这回他又走了，带了他的十万卷书来到上海。沈曾植从署江西到署安徽，担任地方行政官七年，财物无多，唯载书十万卷，人以为怪，但他自己很坦然。从此，他定居沪上，海日楼里，已不见昔日维新志士的一腔热情，能看到的，是一个隐于经史子集的学者和有着保守姿态的清朝遗老形象。这时，俄国人卡伊萨林为他作《中国大儒沈子培》，国学大师王国维来向他请教音韵，法国人伯希和来讨论契丹、蒙古等问题，还有海内外越来越多的求字者，海日楼多少还是有些生机的。

每到岁时回乡祭扫时及其他一些时候，驾浮阁总还能迎来他的主人。辛亥革命那年，嘉兴城守防军索响哗变，沈曾植为此避居南乡梅会里野猫洞六日，夜不成寐。也在那一年，沈曾植从嘉兴卖家手中买得林则徐致祖父的书札七页纸。有一年，他回故乡写下咏故园草木诗九首，还有一年，沈曾植登上南湖烟雨楼，作诗多首。另有一次，扫墓发生了奇巧的事，他们事先已定下了菜和船要去乡下扫墓，却不料前一天下起了大雨，而那天晨起他又腹泻，想退了菜改日子，但一早菜已送来，隔夜终究不好，还是决定去。上了船，雨却已止，也不腹泻了。这天扫墓非常顺利，回来还是顺风呢。

1917 年，张勋扶持溥仪复辟，沈曾植抱病北行，授学部尚书，不久事败。曾看到过一句话：先生在明，当抗清而死；在清，当作遗老以终。封建伦理的道德观，令一代大师逃不出命运的手掌。

让人玩味的是还是沈氏自己的诗："却到故园为寄客，长怀旧德对荒墩。"长怀旧德，怀的是怎样的旧德？无非是三纲五常，无非是忠孝仁义。沈曾植是个不折不扣的孝子，据谢凤孙《学部尚书沈公墓志铭》记载："先生八岁丧父，哀毁如成人。稍长，事母韩太夫人以孝闻。……先生宦学既成，太夫人亦没。先生以孝养不能逮亲，遇家祭必泣。至年五十奉光禄公用韩太夫人柩回里合葬，哀毁同于初丧。"以"孝"出名的他，心底里一定还崇尚着"忠"，忠国忠君，尤其当无亲可"孝"时，"忠"就更加突出地呈现出来了。维新变法，有他的参与；八国联军入侵中国，他奔走各地以保全大局；在上海南洋公学时，改革旧规；任安徽提学使之初，便赴日本考察，致力于新式教育……一切都是为了挽救自己风雨飘摇中的国家，甚至他的治学，也是与治国联系在一起的，他在担任总理衙门俄国股章京时，直接面对领土主权遭蚕食的危机，他倾注心血研究西北历史地理，表现了那一代读书人对家国命运的深切关怀。当我们以今天的目光重新审视这段历史时，除了叹息，不亦感觉很痛心吗？沈曾植不是一个丧失良知的中国人，他只是陷在他的旧德里，他的心向往光明，却未曾看到残夜里海上的日光。他自己也一定痛心着，一声"长怀旧德对荒墩"的长叹，显示了他是多么的孤独啊，生前身后他都是孤独的。

数年之后，沈曾植故世，归葬于嘉兴王店榨部村。故乡的土地，最后地慷慨地接纳了这位一生不知故乡在何处的游子。

可惜我几次来此都不是时候，四合院内的桂花，都不曾飘来清香，那几丛牡丹花，也不曾见过她的芳姿。

2005 年 2 月，草
2007 年 9 月，改

最是人间留不住
——王国维故居

一

清光绪三年即 1877 年的冬日，在浙江海宁州盐官镇双仁巷王氏旧宅，王国维降临人间。他十岁年那年，全家迁到盐官西南隅周家兜现在的王国维故居。

海宁州，即今浙江省海宁市。海宁位居浙江北部，地处钱塘江口北岸，其州城当时在盐官，修建于钱塘江边。其地经济繁荣、文化发达，清代盐官陈氏有"一门三阁老，六部五尚书"之盛。王国维旧宅地"双仁巷"，原有"双仁祠"，为经念曾任浙西节度使的唐代书法家颜真卿及其从兄颜杲卿两兄弟的忠节而立祠名巷。所有这些，这样的一种文化氛围，无不给幼年的王国维留下深深的印象。

盐官最扬名于世的，是被称作"天下奇观"的钱塘江大潮，故居几百米远的南面，便是举世闻名的钱江一线潮会合处。从南北两岸卷起的白浪，呼啸而来，神奇地汇合在一起，咆哮着西去，就像传说中伍子胥驾驭的千军万马齐头狂奔，天地为之震撼。差不多十二小时后，夜潮一样汹涌而至。年年月月，观潮听潮，潮来潮又往，多年之后，王国维以一首《虞美人》这样追忆钱江夜潮："海门空阔月皑皑，依旧素车白马夜潮来。"用"素车白马"来比拟钱江夜潮，足见王国维心中寄托了对伍子胥的追念，他表达的或许也是一种政治上的见识：国破家亡之际，就算自己身死了，灵魂也要守着家园，也要与山河同在。

二

王国维，初名国桢，字静庵（安），又字伯隅，号礼堂、观堂，又号人间。幼年失怙，养成了他忧郁的性格。他自幼在父亲和塾师的教育影响下，习读四书五经，聪颖好学的他很得先生的喜爱。其弟王国华在为乃兄所作《海宁王静安先生遗书序》里忆昔往事时提到："时先兄才十一耳，诗文时艺，早洛洛成诵。"大约这个时候，王国维喜欢上了课外阅读，他说，家中的藏书有五六箧，几乎被他遍读了。

王国维对书的喜欢，与他的父亲王乃誉的长期熏陶是分不开的。王乃誉有着前贤安贫乐道的精神，他不论到哪里，业余时间攻读诗文、研习书画，每天的常课是临帖数千字。据说他学董其昌，不仅形似，而且得其精髓。王乃誉兴致来时，也泼墨作画，还撰写书画论，又写过很多诗和三十年的日记。游宦回来居家之后，他还种竹养鱼，吹箫吟曲，过着一种自娱自乐的隐士般的生活。王国维故居正厅名"娱庐"，大约是从这里来的。王乃誉还相当重视子女的教育，对王国维及弟弟王国华要求甚严，这也许是教子心切吧，以至于几近苛刻。

王国维十六岁时，看见友人读《汉书》而悦之，拿出压岁钱，购得被称作《前四史》的《史记》《汉书》《后汉书》《三国志》，这被王国维称之为"平生读书之始"。

自小就开始的家庭熏陶和私塾教育，令少年王国维锋芒初露，他被推为"海宁四才子"之首。十八岁那年，他研习俞樾《群经平义》，并仿其体例，逐条批驳。俞樾何许人也？他便是清末独步江南的经学大师俞曲园，杭州孤山的俞楼就是他的故居。名师出高徒，俞曲园教出了个章太炎，教出了个吴昌硕，而《群经平义》是他功成名就后撰成的著作。王国维偏偏不迷信权威，有异议的就批驳，眼里唯有学问。

从十岁到二十二岁冲浪上海滩前，海宁盐官的这幢屋子里留下了王国维苦读的身影，此后他到了上海、南通、苏州、北京等地，故居仍不时地迎来他短暂的归来。据研究者分析，王国维动笔写《人间词话》，很可能就在海宁的这幢故居里。当时因父亲去世，王国维在家居丧半年之久，随手取了弟弟王国华带回的养正书塾笔记本，开始了《人间词话》的写作。

岁月匆匆过，一切该发生的都发生了，至于那些考证之事只能留待专家去做了，有很多却是很明了的：王国维二十岁时，三代两汉之古籍已全部熟烂于胸，二十二岁进上海《时务报》，此前的两三年时间里，王国维以他胸中澎湃着的钱江潮水般的热情和他少年炽热的情怀，付之于笔端，写成了著名的《咏史》诗二十首。

三

但我们知道最多的是王国维的《人间词》和他的《人间词话》。

"人间"两字，对王国维来说不是一个普通的词，因为他就是"人间"。

王国维写词，不断地出现"人间"，什么"人间何苦又悲秋"，什么

"潮落潮生，几换人间世"，别人就对他说，你的词就叫"人间"好了，于是王国维先后有了《人间词》甲乙稿，甚至他索性以"人间"为号了。他的至交亲家罗振玉还专门为他刻了一枚"人间"的印章，其后王国维为人题诗词，就常用这枚印章，罗振玉的弟弟罗振常后来甚至直呼其"人间"。

自然，王国维留给世人影响最大、最著名的还要数他的《人间词话》，最突出的便是其境界说：

古今成大事业、大学问者，必经过三种境界。"昨夜西风凋碧树，独上高楼，望尽天涯路。"此第一境也。"衣带渐宽终不悔，为伊消得人憔悴。"此第二境也。"众里寻他千百度，蓦然回首，那人却在灯火阑珊处。"此第三境也。此等语皆非大词人不能道也。

"望尽天涯路"，好大一个志向，王国维虽处人间，却是人间一天才一异才，天才的志向总是不同于常人。可是学术无涯，人间也无涯，望尽天涯路，即便对于天才也难，好难。

但我们普通人，不妨舍"望尽天涯路"，只从"高楼"来着此三境。王国维说，做事搞学问，志一定要立得大，为此大志，衣带渐宽终不悔，这样努力了，蓦然回首之间，你所求的不就在眼前？如此说来《人间词话》，岂非人间一绝？他给人间多少自信！

人间有欢乐，也有辛酸；人间有希望，也有悲苦。他的《人间词》后来改成《苕华词》，《诗经·小雅》中《苕之华》："苕之华，芸其黄矣。心之忧矣，维其伤矣！苕之华，其叶青青。知我如此，不如无生！……"意思是：凌霄花啊，花儿黄又黄。心中忧愁啊，多么悲伤！凌霄花啊，叶儿青又青。早知这样苦，不如不降生。只因黄黄的凌霄花，让人看到饥饿的颜色，生命如此悲苦，怎不让人心忧？

此时夏季，正是凌霄花盛开的时候，凌霄花还是黄黄的，我是没有看出什么忧伤，但是当年的王国维一定是看到了，感受到了。当王国维生命的最后一天悄悄来临时，当他坐着黄包车从清华园去颐和园的路上，当他走在颐和园的长廊上，他是否最后看到了凌霄花呢？而童年和少年的老屋和新宅的后园，他的记忆里，是否也有凌霄花的印象？黄黄的凌霄花的悲苦啊，就是人间的悲和苦，所以苕华依然是人间，悲情人间。

四

原本温情的人间，充满了悲情，王国维是矛盾的，就像钱江潮水一样矛盾着。钱江潮，每当涨潮的时候，潮水逆行西上，退潮时，潮水又顺流东下，归于大海。日复一日，年复一年，钱江潮在矛盾中"日日西流，日日东趋海"，时光在潮落潮生中，"几换人间世"。

矛盾的不止"人间"，还有他的学问。书斋里的学问，原本是单纯的，可王国维的年代，学问遭遇到了很多现实中的变故，他一生经历的，正是社会风云变幻、战乱频起内忧外患的一个个多事之秋：中日甲午战争、八国联军入侵中国、维新变法、辛亥革命、张勋复辟、军阀混战，等等，他本人在晚年历任北京大学"通讯导师"、清逊帝溥仪"南书房行走"、清华研究院导师等，他拖着一根长辫来来往往，心里唯系的是学问。

王国维主张，学术应独立，研究应自由。潜心于学问间，这正是他学术独立之精神的体现。学术的独立，在于不受政治、经济、生活等因素的影响，今人最不能宽容的是他的辫子和侍奉皇帝读书，最后是自杀。

问题是，现在连溥仪的辫子都剪了，王国维还留着辫子。如果说辫子代表了是否革命，难道溥仪是想革自家清皇朝的命不成？这是一个很值得后人深思的话题。

王国维的的确确是矛盾的，矛盾的他仰天长叹：只剩下那一泓清澈，一泓清澈了。

海宁 盐官　王国维故居　子仪 绘　2017 年 9 月

"五十之年，只欠一死。经此世变，义无再侮。"这是他的遗言。

传记上说，王国维考殷周礼制、校唐人写本，都未能忘情社会人生，他想得最多的是被孔子赞叹的周礼，为后人崇尚的"贞观之治"。实在是"人间纷浊"，没落的清廷让他失望，混乱的战火使他惊恐，他要找一泓清澈，所以他赴昆明湖去了，那里是清澈的、宁静的，没有纷扰的、与世无争的。所以我宁愿相信陈寅恪教授在清华园《海宁王静安先生纪念碑》上的话：

"先生以一死见其独立自由之意志，非所论于一人之恩怨，一姓之兴亡。"

奔赴昆明湖而去的静安先生，你有没有最后想到你的家乡呢？当年你带着家眷北上离开周家兜故宅时，依依不舍地写下"故园春心断"的词句，现在你要告别人间，你的心里可曾还维系着故园的春色？

五

故园的春色，是江南的春色，江南的春色最是美丽。

我和儿子信尔就是在一个美丽的春日的傍晚时分，来到了盐官周家兜王国维故居。故居大门口场地上一尊王国维坐着的石雕全身像从青枝绿叶间跃入眼帘，很是醒目。同样醒目的是白色的墙中间石库上方的几个黑字，是朱穆之所书的"王国维故居"。

这是一幢木结构庭院式建筑，除去大门连着的围墙，共二进，前为平屋三楹，后为楼房，也是三楹。

平屋正厅便是"娱庐"，"娱庐"两字的匾很大，下面是一副对联："发前人所未能发，言腐儒所不敢言"，这是郭沫若对王国维的高度评价，中间是苍劲的老松图。东西两面的墙上，又有匾额，还有一些被王国维考证过的刻在金石上的甲骨文拓片。

我总是想，王国维和金石甲骨们之间似乎有着一些异乎寻常的缘分。那些埋在地下数千年的甲骨，似乎知道世上有人正等着他们，于是他们破土而出，不是在千年之前，也不是在百年之后，冥冥之中，一切皆是缘。甲骨一定为这样一个时代的到来而欢呼，为遇到这样的人而感恩。不但是甲骨，还有他们地下的伙伴，竹简、古器皿等，也一样的心存感激的。

过了前厅，是一个不大的庭院。庭院正中，是一尊王国维的半身铜像，穿着对襟衣服，戴着眼镜，那神态里布满了忧患的悲情，很像我看到过的一张王国维的照片。这两尊雕像，同出自嘉兴雕塑家陆乐之手，先雕半身像，后塑全身像，相隔二十一年两度完成。我们走过庭院的时候，中央电视台《走遍中国》栏目记者正对着王国维的半身像在拍摄，那时我在想，不知道他们会怎样解读王国维呢？

后面楼下的三间厅，是关于王国维的陈列展，分三个部分，第一部分，是王国维故乡、家世及其生平；第二部分，介绍王国维的主要学术成就、陈列手稿；第三部分，为国内外专家、学者研究王国维的论著。

二楼是书房和卧室，我挺感兴趣的是西间的书房，书桌靠着南窗，书橱静静地守在一旁，画缸里字画几幅，另一旁一只竹塌横陈，满是悠闲的，边上还有一些桌椅。书桌上笔墨砚台镇纸石俱在，那挂着的几枝毛笔里，王国维惯用的"一枝青"是否也在呢。

站在二楼的窗口向南眺望，故居工作人员说，几年前前面没有建筑物遮挡是可以望得见江水的。我想，每天面对钱塘江，心情真的会不一样，滔滔江水孕育了两岸多少英豪？

后院也不大，有一口古井，更多的是花木草绿，不知夏日里，凌霄花还在悄然开放吗？

六

我第二次到北京是在 2005 年的春节，因是全家自助游，我们走得随心所欲。有很多时间，我们徜徉在北京的人文景观，颐和园和清华园自然也留下了我们的足迹。

颐和园里熙熙攘攘的人群，没有一点冬天萧条的景象，十七孔桥如长虹卧波般地舒展着，冰封的昆明湖上，是大人小孩飞驰的身影，鱼藻轩里，一拨又一拨的人进进出出。

先生和儿子已经向石舫走去了，我还站在鱼藻轩，眼望昆明湖，轩外一两丈远的湖面上，浅得露着底下的泥，据说夏天的湖水也一样极浅——王国维是在初夏的某天于此纵身一跃的。

此刻，坚冰下的湖水是否清澈呢？此刻，坚冰下的湖水是否也有欲望呢？王国维在《红楼梦评论》中是这样说的：所谓玉者，欲也。他取叔本华的观点，欲望是痛苦，欲望满足之后产生新的欲望又是痛苦。那么，其解脱之道呢？在于出世，而不在于自杀，但出世是表面的，"故苟有生活之欲存，则虽出世而无与于解脱；苟无此欲，则自杀亦未始非解脱之一者也。"最终决定是否解脱还在于有没有欲望。

但是人总是有欲望的，谁没有欲望呢？除非你是佛，除非你没有生命。对于普通人来说，无欲也便无生。

王国维幼年丧母，青年亡妻，中年失子，生和死，生生死死，正是王国维反反复复在思考的一个问题。江南一地多养蚕，他写过一首《蚕》诗，蚕啊，你织茧抽丝，终生忙忙世世碌碌，而一生一死其实都是天命所为，"茫茫千万载，辗转周复始。嗟汝竟何为，草草同生死。岂伊悦此生，抑由天所畀。畀者固不仁，悦者长已矣。劝君歌少息，人生亦如此"。

一如小小的蚕，人生也不过如此，实在很悲观。命运不在自己的掌握中，不由自己掌握的命运还要因为自己的欲望而痛苦，人生不是很无味吗？何况结局还不是团圆，所以王国维说《红楼梦》是彻头彻尾的悲剧。是人生一大悲剧吧，但是君不见宝玉最后选择了无欲，在我等入世之人看来，不也是很好的解脱吗？王君不也是这么说的，你有没有看到呢？

生的生着，死的死了，自古以来都是如此。王国维最为推崇的诗人是：屈原、陶潜、杜甫、苏轼。屈原以满腔的愤慨投奔汨罗江而去，王国维则选择了昆明湖。上天给了他天才的智慧，如今要收回他的天才收回他的人间了，所谓"悦者长已矣"，没有什么可留恋的了。

"几回潮落又潮生"，如今又几换了人间世，但是永不停息的是钱江潮水，千年万年，滔滔不止。

2005 年 8 月，初稿
2006 年 8 月，修改

夕阳古渡苜蓿湾
——龚宝铨故居

一

　　浙江省嘉兴市秀州区有个极小的小集镇，名叫马厍汇。马厍汇只有一条沿河小街，呈东西走向，长不过百来米。当年的马厍汇，虽然镇子小，却也是应有尽有：卫生院、储蓄所、邮局、小学校、中药店、杂货店、茶馆店、剃头店、尼姑庵、石拱桥，还有磨剪刀的摊子、打铁的铺子等等，至今小镇上还保留了旧式茶馆店，所用的依然是民国时期的粉彩茶壶。马厍汇，是一个足可让人怀旧的小镇。

　　马厍汇名称的来历颇传奇，传说还没有人烟之时，这里长满了郁郁葱葱的苜蓿草，唐人有诗曰："落日行吟芳草畔，夕阳古渡苜蓿湾。"我不知道唐诗里的苜蓿湾是否就是指这里，但在我们本地方言里，苜蓿湾、马厍汇确是同音。苜蓿草，三出羽状复叶，顶上开花，花呈黄色或紫色。

据说苜蓿草这种草，牛羊最爱吃。马库之"库"为村庄的意思，马库意谓是个养马的村庄。据史料记载，元末义士张士诚在杭州等地与朱元璋交战，战败后避居在马库汇一带。大约张士诚原本并没有想好在何处落脚，可是战马一路奔腾来到这里，见了成片成片的苜蓿草，自然就不肯离开了，于是张士诚在马库汇造起了高墙大院，当地人称张家墙门。再后来，附近居民四附，这里渐成了小集市。

后排左为龚宝铨

马库汇，原隶属于栖真镇下的一个自然村，现归属于油车港镇，栖真镇则改名栖真村。油车港镇安静、美丽，镇区有一个广袤的千亩荡，千亩荡旧称麟湖，我有幸去过两次，见过夕阳下波光粼粼的湖面；镇区的天鹅湖内有成片的银杏树林，所幸也曾到过；最重要的，那里还有我的几位师友：画家缪惠新、小说家薛荣、诗人简儿等，有这样一批人，油车港实在是太吸引人了，尤其是缪惠新老师笔下的乡情、薛荣笔下的栖真、简儿笔下的油车港，都有着迷人的景致无限的风情，我最熟悉的是简儿，她写她的村庄、小镇，细腻的笔触简直把油车港化成世外桃源；简儿也曾写到马厍汇的龚宝铨、张绍忠及他们的故居。龚宝铨是章太炎的女婿，一位辛亥革命志士，曾任浙江图书馆馆长，张绍忠是一位物理学家、教育家。马厍汇的悠长小河，哺育了一代辛亥革命先趋和教育家。我两次到油车港、马厍港，就是被上述的几位师友吸引去的，也是被侠士兼文人的龚宝铨吸引去的。

二

　　龚宝铨，1886年4月生于嘉兴马厍汇，本名国元，字未生，号味生、薇生、味荪，别号独念和尚。祖籍上海南汇，清时其祖辈迁居嘉兴。龚氏世代以中医药为业，开有同善堂药铺，所制风湿药酒，据说名闻江浙一带。龚宝铨的父亲龚寿人，以祖业为医，母亲吴氏，出自文学绘画世家，他们生有子女十人，三人夭折，留有六子一女，龚宝铨行四。

龚宝铨像

中学时，龚宝铨进入嘉兴名校秀州书院（即后来的秀州中学）读书，八国联军入侵中国，龚宝铨与几位同学因反对美国传教士而罢课，以致退学。从那时起，少年龚宝铨即心怀光复大志。1902 年，十七岁的龚宝铨远离家乡，东渡日本，先后入东京清华学校、成城学校学习。为反对沙俄吞并我国东北，在日本东京，龚宝铨与黄兴等人成立了拒俄义勇队，此组织后改组为国民教育会。此后，陶成章、徐锡麟先后赴日，在日本与龚宝铨认识，成为莫逆之交。1903 年 6 月，上海发生"苏报案"，章太炎、邹容被捕入狱，浙江留日同乡会在东京集会，商量营救章太炎。营救虽未成功，但龚宝铨和章太炎开始有了交集。

在杭州原有浙学会，鼓吹革命。1903 年 11 月，在东京的浙学会成员开会，酝酿成立秘密反清组织，成立暗杀团，并且决定派陶成章、魏兰分往浙皖，龚宝铨去上海，沈瓞民和当时在上海的张雄天到湖南等开展活动。1904 年 7 月上旬，秋瑾赴日，很快结识了龚宝铨等人。

嘉兴听讼楼主范笑我这样描述道：

> 从掌握的史料推测，龚宝铨曾经暗恋秋瑾。1904 年，十九岁的嘉兴小伙子龚宝铨，结识了三十岁的"鉴湖女侠"秋瑾。他们同时在日本横滨南京街广东商店后进，宣誓加入三合会，共饮雄鸡血酒。秋瑾被封为军师。年轻的小个子嘉兴人龚宝铨，将自己称为"独念和尚"。
>
> ……与秋瑾、徐锡麟、陶成章等六人在东京本乡区辰馆结为生死同盟。秋瑾在日本的时候，喜欢一把剑，徐锡麟提议兄弟们凑钱买下送给了她，想必出资的人中一定会有"独念和尚"。当他们相聚在小酒馆里赠剑时，秋瑾当场舞了一套剑术。秋瑾在诗中写道："不惜千金买宝刀，貂裘换酒也堪豪。一腔热血勤珍重，洒去犹能化碧涛。"

不久，龚宝铨回国后，秘密组织暗杀团，由于人手少力量薄弱，没找到下手的机会，接着，在上海与蔡元培、陶成章等创立光复会。同盟会成立后，很多光复会成员以个人身份加入同盟会，同盟会浙江分会主盟者是秋瑾、陶成章、龚宝铨。

在龚宝铨回国后，一批革命人士不断地出入嘉兴。其时，平湖人敖嘉熊也已迁居嘉兴，陶成章、魏兰等人多次来嘉兴，与龚宝铨、敖嘉熊等联络，从事革命活动。

1905年5月，徐锡麟、陶成章、龚宝铨在绍兴建立绍兴大通师范学堂。徐锡麟认为，要推翻清政府，就要进入清朝内部，掌握军权。于是，他们几个人又分别捐官，龚宝铨捐的是同知，随后他们去日本学习陆军。在日本，因学习陆军受阻拦，大约半年后又回国，龚宝铨和陶成章去了芜湖中学堂任教。1907年7月，浙皖起义，徐锡麟在安庆死难、秋瑾在绍兴大通师范学堂被捕就义。由于徐锡麟的弟弟徐伟招供出陶成章、龚宝铨、秋瑾等人，浙江巡抚安庆通电，谓龚宝铨与秋瑾同是革命党人，应查拿，于是龚宝铨与陶成章亡命日本。

与鲁迅、周作人兄弟是这个时候认识的，鲁迅在东京本乡区东竹町的住处，陶成章、龚宝铨、陈子英等成了常客。不久，龚宝铨、鲁迅等人开始跟着章太炎学习，成为章门弟子。其时章太炎在东京一边主持《民报》，一边办国学讲习会，由于龚宝铨从中协调，章太炎特在民报社开了一个小班讲习国学，弟子有鲁迅、许寿裳、钱玄同、朱希祖、龚宝铨、周作人、黄侃等十人左右。

师生之间频繁地交往，章太炎开始对龚宝铨另眼相待，以致章氏把大女儿章蕴来许配给了他。接着，章太炎派朱希祖回国接了大女儿来日本。有一天，章太炎带了大女儿、三女儿和龚宝铨在外面吃饭，饭后，他留下大女儿，只把三女儿带回家。这顿饭就是龚宝铨和章蕴来的婚宴。

这年是 1910 年。同年在日本，龚宝铨为烈士秋瑾编的《秋女士遗稿》成集印刊，并委托在欧洲的蔡元培，将寄去的十册《秋女士遗稿》分送欧洲各大图书馆收藏。次年武昌起义，龚宝铨夫妇等人随章太炎一起回国。

每次回国，回家是必需的吧，尤其是娶了新媳妇。马厍汇的小街上、小河边，出现了章蕴来俏丽的身影，一位大家闺秀来到一户不知名的小镇人家，父母想必欣喜不已。不过，也有让父母犯愁的事，龚宝铨的身体并不好，大约是过去搞革命时风餐露宿之时落下了胃病，一直就没治好，龚宝铨自己曾说："数岁之间，提皮包，蹑草履，行浙东诸县，一日或八九十里，交其豪俊，数频危难，亦有天幸得免于祸。"在日本时，生活同样很艰难，龚宝铨夫妇无处可搬，便同住章太炎在东京的乡间小屋。有一次马叙伦东游日本时访章太炎，老友相见，交谈甚欢，到吃中饭时间，主人留饭，菜仅大蒜煎豆腐。如此恶劣的生存环境，生病就不意外了。可惜老家同善堂药铺虽然有很多中草药，也于事无补。

同盟会和光复会之间出现了矛盾，龚宝铨虽极力调和却无济于事，回国后的第二年，陶成章在上海遭同盟会会员暗杀。陶成章死于同一阵营的枪下，几位在上海的光复会会员个个泣不成声，龚宝铨更是既震惊又伤心失望，他先是昏厥，后又几乎哭得瘫痪，不能起坐。陶成章的死，是比身体的打击更重的、来自心灵的打击，这样沉重的打击之下，又因为他的身体每况愈下，龚宝铨萌生了退意。他自己说："盖自庚子立愿以来，至辛亥十二年，及今又四年，惟劳苦颠沛，未尝以权利撄心，所太息痛恨者，独以光复、同盟自相水火，同致覆止，亲见其成，而又及见其败耳……徒以局迫隘，渐致时人之忌，余辈虽欲调和，势不可得，而新著同盟党籍者，未识前日艰难之事，势利所在，旦暮反复，则余实不能与之同心也。"之后，龚宝铨将陶成章留下的两个儿子带到嘉兴，抚养成人。薛荣评价说，龚宝铨政治上的洁癖致使引发他心底的失望。

嘉兴　龚宝铨故居　子仪 绘　2018 年 1 月

1912 年，龚宝铨与范古农、沈钧儒等人组织了佛学研究会。章太炎在龚宝铨死后，曾谈到这时期的龚宝铨，他说："未生少年慷慨，不甚循礼法，晚既失意，听同县范古农谈内典，始深自悔，与友人言，至于泣下，由是茹蔬事佛，持杀戒甚严……"

那身清朝同知的官服，早就被高高地搁置在老家二楼的一只樟木箱里。记得我第一次去马库汇时，龚宝铨故居还未对外开放，缪惠新老师、薛荣、简儿等几位东道主陪我们一行人参观了龚宝铨故居。沿着老屋转角的木梯子缓缓上去，好似光阴逆转，一时间有些错觉，是否我们回到了民国、回到了龚宝铨生活时代？到二楼，缪老师给我们一一介绍，说到中间房间的一只木箱时，很多细节出现了：当初他们走进这幢空置多年的屋子，进入二楼的房间，当打开这只木箱子时，看到一身清朝的官服放在最上面，下面则叠放着一层层的衣服……据说，故居在空置的很长一段时间里，一楼以及院子是流浪汉的暂居地以及学生放学路过时玩耍的地方。

那天的饭桌上，缪老师讲起他们第一次去故居的经过。那天，陆明、薛荣两人在范笑我的听讼楼闲谈，说起龚宝铨故居破旧不堪，随时有倒塌的可能，他们一致认为不能无视这个情况继续下去，于是他俩找到缪惠新再约上龚宝铨的外孙龚肇智一起来到马库汇，对故居进行了实地勘察。之后，缪老师开始四处筹资，对故居进行抢救性修缮，故居这才有了今天。

三

也是在 1912 年 4 月，龚宝铨任浙江省图书馆副理（副馆长），到这年的 12 月，龚宝铨担任浙江图书馆总理（馆长）。

由于胃病长久不愈，龚宝铨在浙江图书馆馆长任上，曾两次去日本看病。生活是多方面的不如意。因为反对袁世凯称帝，章太炎在与第二任夫人汤国梨结婚后仅一个多月，1913年8月，在他入京后被袁世凯软禁了起来。

由于身体失去自由，章太炎悲愤过度，他写了"速死"两篆书悬作屏风，在给夫人的信中多次说到了"死"，在1914年5月22日给夫人的信末，他附上在京的家中书籍清单，包括自著书目，并且要夫人让龚宝铨一起帮忙料理后事。次日，他给女婿龚宝铨写下长信，很希望女婿给他找一处墓葬地，同时交代自己著作的情况，并且要女婿给予家庭的照顾。不过这封长信连同遗书都被监视章太炎的巡警总监吴炳湘阻拦而未能发出。

章太炎极想夫人汤国梨来京，但汤国梨担心袁世凯诡计多端，迟迟没有动身。接着章太炎又接连多次写信给龚宝铨，一方面，他不停地催促龚宝铨劝夫人上京；另一方面，章太炎多次要龚宝铨给他寄书。最后是龚宝铨偕夫人章蕴来和妻妹赴京与章太炎相会，汤国梨还是没有到北京。女儿、女婿的到来，给孤独寂寞的章太炎带来莫大的安慰。可是一向沉郁的章蕴来忍受不了恶劣环境所带来的精神折磨，她竟然自缢身亡，章太炎失去了长女，龚宝铨失去了夫人。

三位结拜的兄弟姐妹先后离开了他，心爱的妻子也离开了他，如今心向谁靠？龚宝铨更加孤单了，马厍汇也孤单了。说到马厍汇的家人，章太炎在给夫人的信中有这样的话："蕴来平素与未生伉俪颇笃，事翁姑处，弟妹皆能雍睦无间。"门前的小河还是那么安静，但此时已是物是人非，马厍汇的街上再也见不到章蕴来的身影，龚宝铨已不是原来的龚宝铨。章蕴来死后，过了一年，龚宝铨与褚辅成的侄女褚明颖结婚。但是夫妻感情不融洽。龚宝铨死后，褚明颖住在嘉兴南门碧光庵，吃斋念佛，黯然一生。

侠士和文人是龚宝铨身上兼有的气质，当失望的他收起侠士之心的时候，他的身上就只有文人气度了。

嘉兴 栖真寺 美丽油车港 子仪 绘 2018 年 1 月

龚宝铨在浙江图书馆馆长任上，是做了一些事的。

1915年7月，章太炎亲自审定的《章氏丛书》由上海右文社铅字排印出版，共两函，二十四册。《章氏丛书》所收均为学术著述，但章太炎对右文版的印书质量很是不满，在致龚宝铨的信中多次谈及，希望龚宝铨设法将《章氏丛书》交给浙江图书馆木刻刊行。龚宝铨意识到《章氏丛书》的学术价值，果然着手进行刻印，但此事却两次遭到省议会的"质问"，同时，刻印所需六千二百圆经费无处可筹，故此事一拖再拖。1916年12月9日，鲁迅致许寿裳信中谈道："杭车中遇未生，言章师在外亦困顿。浙图书馆原议以六千金雇匠人刻《章氏丛书》，字皆仿宋，物美而价廉。比来两遭议会质问，谓此书何以当刻，事遂不能进行。国人识见如此，相向三叹。"鲁迅和龚宝铨对老师的著作均有高度的认识，很希望此书能顺利刻印。经过龚宝铨的不懈努力，直至1919年年底，以"铁路股款，暂行垫用"，才得以完成夙愿。《章氏丛书》十五种，较1915年上海右文社版增加了《齐物论释》重定本、《太炎文录补编》《菿汉微言》三种，《文录》也略有删节。而在1914年10月章太炎致龚宝铨的信中谈到，章氏《小学答问》版权在浙馆，望印三四十部寄到北京，似乎《小学答问》先已在浙江图书馆出版过了。总之，龚宝铨为传播章太炎的学术思想作了很大的贡献。

龚宝铨还派人到北京补抄文澜阁《四库全书》，历时八年之久。乾隆皇帝主持纂修大型丛书《四库全书》修成后，前后共抄缮了七份，分存七阁，其中北方有四阁，江南有三阁，其中之一是杭州西湖孤山的文澜阁。太平军进入江南后，江南三阁及《四库全书》均遭遇厄运，阁圮而书散。杭州藏书家丁丙首倡，补抄库书，后钱恂继起，最后由张宗祥补完。在钱恂补抄期间，龚宝铨派人到北京，共同主持补抄《四库全书》，做了一件功德无量的善事。

同时龚宝铨也关心乡邦文献，同乡张元济等人重辑《檇李文系》，他又一次倾力协助。《槜李文系》由清光绪间嘉兴忻虞卿原辑，收集嘉兴府七县先贤一千二百三十六人之遗文一千九百零六篇，上起汉代，下迄光绪中。1921年，张元济、葛嗣浵、金兆蕃、王甲荣等发起补辑，并主持其事，几经中辍，几经艰辛，续辑稿于1935年告成。续辑与忻氏原稿统筹编排，成八十卷，共收作者二千三百五十四人，文四千零四十一篇，张元济还亲笔抄录《槜李文系目录》四册。现存张元济致龚宝铨的三封信，谈的都是关于搜集《槜李文系》文章的事：

1921年7月23日："未生先生阁下：久深企仰，亲炙末由。前以同人筹刊《槜李文系》，搜集遗稿，曾托尚旃兄代陈清听，并恳在省中主推兹事，知蒙俯允，感幸何极。全篇姓氏总目暨征稿办法现在排印，印就即当寄呈。全书篇目已由葛君词蔚钞示一份。检阅一过，收罗似尚未备。即以海盐而论，可补者正复不少。推之他邑，当亦从同。搜采之责，端在吾辈。仰维贤哲，尤盼指南。务祈不吝教言，俾资循守。临颖不胜祷企之至。专肃布臆，敬颂著祺，伏维垂餐。"

1921年8月9日："未生先生大鉴：日前接奉还教，备挹谦光。承允以贵馆所藏图书遇有可以甄录之文代为搜集，盛意极为钦佩。弟与诸同志发起此事，不过以乡邦文献攸关，完成美举。乃荷奖饰逾分，何以克承。原编姓氏总目、稿纸等均已另寄。陈君尚旃并希赐箸。原书篇目现在沈培老处借阅，俟交回亦当寄奉。尊处如须录副，即乞就近觅人一缮，原本仍乞掷还，缘敝处只录存一分也。伏暑未阑，诸希珍摄，费神尤感荷不尽。专此。祇颂台祺。"

1921年12月31日："辑补《槜李文系》，先后收得二十余册，以锾孙、志贤两君在京师图书馆搜得者为最多，其次为平湖。石、桐两县最为寥寂。同人之意以各县所遗文字尚复不少，拟展期于明年年底截止，为时较宽，尽可从容搜访。尊处不知已辑得若干？亟望见示，仍恳广为搜罗，不胜感祷。再，是书之意，重在传人。倘能搜得文字，其姓名在原编之外者，尤足珍也。"

龚宝铨故居 龚氏祖上以岐黄为业　子仪 绘　2018 年 1 月

除此之外，龚宝铨还派人到日本购置浙图没有的日本弘教书院藏经及佛典。他在闲时读佛，与范古农谈佛经，向沈曾植、马一浮请益，颇得二人赞赏。

对于文化的传播，龚宝铨做出了他自己的贡献，体现了一个文人的本色。

四

1922 年，龚宝铨病逝，终年仅三十七岁。龚宝铨死后，墓葬杭州灵隐附近，章太炎亲笔题写了"龚君未生之墓"的墓碑，并撰写《龚未生事略》。

龚宝铨是怎样一个人？在事业方面，他自己有过表述："自揆生平，虽无奇烈伟业，惟见利不惑，临难不挠，有足以自慰者。"为人方面，他的岳父章太炎更是有过极高的评价："长老如蛰仙先生，至诚如龚未生，皆宜引为自辅。此二君者，死生之际，必不负人，其余可信者鲜矣！"能得到章太炎这样高的评价，必定与龚宝铨的人格、行事有关。龚宝铨与陈仲权、姚麟、王家驹、唐纪勋、敖嘉熊、徐小波同为"嘉兴辛亥七烈士"。

一度，嘉兴人对龚宝铨并不了解，但是渐渐地人们开始知道他、熟悉他。2011 年 9 月 20 日，修缮一新的龚宝铨故居对外开放了

故居原本有四进，现在只剩下两进的厅堂和南北走向的厢楼，在第一进的厅堂间，有嘉兴本土雕塑家陆乐雕塑的龚宝铨穿着对开襟的半身铜像，在第二进的西北间，仍挂着同善堂的招牌，里面有高高的木柜台，还有一个个中药小柜子，再现了当年的药铺面貌，另有实物展示间等。狭长的院子里，龚宝铨在栖真的后人缪惠新种下了三棵树，分别是桂花树、石榴树和樱花树。

当年，嘉兴在线新闻网的一则报道记录了此事：

　　龚宝铨是谁？他和鲁迅、钱玄同、许寿裳等是好朋友，和徐锡麟、秋瑾、陶成章、蔡元培等是一起战斗的革命同志，曾与蔡元培创立光复会，他是国学大师章太炎的女婿，嘉兴油车港人。

　　2007年7月4日，龚家老宅来了一群文化人士，他们是范笑我、薛荣、缪惠新和龚宝铨的外孙龚肇智。此时，这座老宅历经几十年风吹雨打，已破旧不堪，修复老宅成为他们的共识。他们的设想，得到油车港镇政府支持。

　　最初是找专业公司对龚宝铨故居进行整修评估，结果被告知预算要一百多万元，远超经费标准，缪惠新想到了嘉善杨庙的民间巧匠蒋师傅。他们把蒋师傅请来，在按照文物整修原则的前提下修旧如旧。2008年4月，修复工作正式开始。蒋师傅以天计工钱，需要的材料缪惠新另外去买。到这年10月，龚宝铨故居整修完毕，花费三十多万元。

　　维修工程结束，缪惠新在院子里种了那三棵树。桂花是为纪念老宅修复结束的时间，石榴树意味这座老宅集聚的文化可以代代相传，樱花树是指龚宝铨曾经在日本留过学。

我第一次去参观当时还未曾开放的龚宝铨故居时，在饭桌上，缪惠新老师曾讲起修缮故居的过程。当年这个院子一片荒芜，杂草丛生，蚊子、跳蚤到处都是，他们去楼上整理房间，结果被咬得满身都是肿块，好几天才褪去。二楼的房间里，保留了龚宝铨从日本留学带回的字典、官帽等，衣帽箱放在床底下，第一件是男人的官服，下面是龚宝铨母亲的衣服，有些扣子是金子做的。其中有一条土布被褥，缝了一针又一针，叠得整整齐齐。缪老师说，他每见一样东西，都带着敬畏之心。其后，在修缮故居的过程中，也遇到了麻烦，第一是经费不足，首先，评估出来的一百二十五万修缮费让他一筹莫展，他只能放弃这个方案，幸好后来他联系了一位民间巧匠，缪老师自己去采购材料，先是向镇财政借了五万，后来又借了五万元，再后来，当时的文化局长王鸣霞在她的权限内批了九万九千元的经费用于修缮，这样，用二十一万基本修好，再加两万元水电，全部费用花了二十三万元。

修缮龚宝铨故居，缪惠新老师说，他是冒了很大的风险的（如修缮过程中万一出意外呢），但是作为栖真的后人，他觉得这样做才对得起龚宝铨。缪老师说得不动声色，我听得热血沸腾。有侠士文人龚宝铨在前抛头颅洒热血，有名士画家缪惠新在后积极推动故居的修复，前后观照，都是一腔热血，这些都让我深深地敬佩着。

漫步今天的马厍汇，离龚宝铨故居不远的，是张绍忠故居，张绍忠是马厍汇的又一大人物，龚宝铨的妹妹嫁了他。当年的他从哈佛大学毕业回国，出资两千银元，在尼姑庵旁边，建了一所小学校，还有一些人也为这所小学校捐款，他们是张绍忠的好朋友：清华大学教授叶企孙，浙大教授郑晓沧等。

当今天的人们走在狭长的马厍汇小街时，前人的种种往事总会闪现出来，我们今天美好的生活，缘于他们曾经有过的努力，感恩！

2018 年 7 月 暑热中

文风郁郁的乌镇
——茅盾故居

一

　　生长在江南的水乡，自小看惯了小桥流水的悠闲和宁静，对于乌镇，我一点不惊讶。从大约十年前第一次踏访乌镇起，我以为乌镇原本就该是这样的，蓝的天白的云，碧的水黑的瓦，茅盾生活过的古镇，千年来一直如此。只是当两三年后第二次到乌镇时，我终于知道，蓝天白云下碧水黑瓦间的乌镇，和别的许多江南小镇是有区别的。那一次，我看到了记载昭明太子读书的那个石牌坊。我的心里有一个很大的疑惑，昭明太子怎么到了乌镇？谁不知道《昭明文选》呢。昭明太子居然到了乌镇，所以除了疑惑，更大的是喜悦。那次回来之后，我就开始查书，那时候，没有网络，也看不到宣传资料，所以我的查阅很困难，但我终于还是从书中知道了原委：昭明太子曾跟随老师沈约扫墓到乌镇，为了不荒废学业，就在乌镇建起了昭明书馆，既久，书馆倒塌，后人便在书馆旧址处建石牌坊以纪念。乌镇从这个时候起给我留下深深的印象。

就算后来我又去乌镇，但我所知道的乌镇的历史始终并不完整，直到不久前我系统地看了介绍乌镇的书，重又去踏访这个古镇后，有一些人在记忆里遂铭记了下来，如南宋诗人陈与义，与当地文人交好，曾留下"三友亭"传为佳话；如明代洛阳人茅坤，当他来到乌镇，也许是《昭明文选》给了他一束灵光，后来就有《唐宋八大家文抄》的面世；如清朝翰林出身的严辰，以为为学必先立志，于是有了立志书院，茅盾童年，就曾在那里读过书；又如拥有"知不足"藏书斋的鲍廷博、理学家张杨园、一代报人严独鹤等。如果还有要说的话，真的还能排出一串名字来。我总是不懂，乌镇，这碧的水黑的瓦，怎会如此的耀眼？千百年的文脉，绵绵不绝于乌镇的天空。文才星河般灿烂，在今天，依然熠熠生辉。那一夜，我又一次枕着乌镇的月色入梦，睡里梦里，我仿佛听到了书声琅琅，看到了书影拂动。

文才之大气，日复一日地滋润着乌镇文化人的心田，乌镇的整个历史是与诗、文和书本连在一起的。有这些真是好，何况又有这么多前贤共同描绘了乌镇的过去，难怪在现代，又走出了茅盾这样的大文豪。

二

一次，和周立民兄说到茅盾，他说，你应该写写茅盾的妈妈，他妈妈是个很特别的人。然后我就听他说茅盾母亲的故事，后来，我看茅盾的传记和回忆录时，还真的留心起了这些内容。立民兄说得一点没错。茅盾的成长，很大程度上受了他母亲的影响，她是茅盾一生影响最大的人。

茅盾的母亲名陈爱珠，自幼受家庭影响，读诗书识礼仪，在当时的

1919年茅盾与弟弟沈泽民（坐者）在家乡乌镇

乌镇是个非常了不起的女性。她不单知书达理，而且聪明能干，还相当有主见。她自幼诵读四书五经，十四岁起替父母治家，出嫁后不断求教于丈夫，读世界历史地理，由此打开了眼界。茅盾十岁那年，父亲病故，母亲亲自用正楷写了挽联：幼诵孔孟之言，长学声光化电，忧国忧家，斯人斯疾，奈何长才未展，死不瞑目；良人即良师，十年互勉互励，雹碎春红，百身莫赎，从今誓守遗言，管教双雏。

母亲一生最大的收获，就是培养了她的两个儿子。当茅盾中学毕业时，他面临着升学与就业的选择。按照当时的习惯，家境清贫的人家，孩子在中学毕业后，就该去谋一份职业来养家，何况他又是早年丧父的长子，但是母亲早在为他打算了，她存在钱庄里的一千两银子的陪嫁，本息加起来有七千元，给兄弟俩平分下来，茅盾还可以读三年书。于是母亲力排众议，让茅盾继续读书，茅盾考取了北大预科，每个寒假，他并不回家，而是和《二十四史》为伴。母亲的决定影响了茅盾的一生，从此他走出家乡，走向一个他未知的世界，那个世界交织了光和影，充满了矛盾和希望。

茅盾大学毕业，母亲又在为他操心，她悄悄托信给替茅盾介绍工作的表叔，不要在政界或银行界找工作，结果茅盾进了上海商务印书馆，母亲一定想不到，也许正是这样的安排，一不小心造就了一个日后的文学家。

母亲不单如此有主见，她还异常地坚强，当茅盾的弟弟沈泽民在苏区牺牲后，有一天她问茅盾：你弟弟怎样了？茅盾还想撒谎，母亲取出一张小报交给茅盾，那上面有沈泽民牺牲的消息。母亲说，他总算做了一点对大家有好处的事情了，不过死得太早了点，他本来还可以多做出一点事情来。母亲是如此平静，面对着她小儿子的死，母亲真的没有眼泪吗？

茅盾故居

嘉兴　茅盾故居　子仪绘　2017 年 11 月

三

茅盾故居在乌镇观前街 17 号，市河车溪之东。以市河为界，古有乌镇、青镇之分，乌镇在西，青镇在东，后统称乌镇。乌镇显然不比青镇好听，色彩上也黯淡了一些，但于这个古镇而言，乌镇这个名字也许更妥帖，更相融到那份色彩中。乌镇地当水陆要冲，江浙两省三府七县交界，自古繁华。商业的繁荣带动民间文化的兴盛，乌镇在每年的农历三月，为祈求蚕桑丰收，会举行一种民间风俗活动，称为"香市"。茅盾故居之西，仅隔一条马路，有一个广场，广场之南有古戏台，北有修真观，我猜想，像"香市"这样热闹的活动，一定是在这个广场上盛大开张的，童年的茅盾，得地理位置之便，尽享这样的狂欢。

观前街则有些闹中取静了，悠长的街道，有些望不到尽头的感觉。江南古镇的小街通常都是这样的，似乎走啊走，径直走入梦里似的，悠远、绵长，走不出一个江南水乡的梦。与长长的街道相应和的，观前街也不宽，两旁尽是木结构的楼房，错落有致的屋檐织成了一条此起彼伏的线条，自有韵味在其中，我最喜欢古镇的这种情怀，也很怀疑，乌镇能够留住陈与义、茅坤这些外乡人的脚步的，首先是这种屋檐织成的线条在他们心里掀起了波澜，然后当他们知道这里还有过昭明太子，心思就开始泛滥了。

每个到乌镇来的人，必定沿着观前街走过，当人们在街上放慢脚步行走的时候，偶一抬头，是否看见过一双明亮的眼睛？是否想过住在楼上的人家，当清晨"吱呀"一声推开木格子窗户迎接阳光的时候，心里是怎样的欢快呢？春日午醒时分，拂着刚刚从河岸边摘来的杨柳，和街对面的那户人家轻松聊天吧，如果有中意的，不必用水乡古镇特有的美人靠做广告，打开窗户就能传情了，这真是古弄旧宅里的浪漫情致。

外地来的游人通常从东大街进入，一直向西走到观前街，走到春日的梦快要醒的时候，一个恍惚，踏进了茅盾故居。

四

茅盾故居前后有两进，后面另有三间平房。沈氏本是近乡的农民，后迁至镇上做小买卖，到了清光绪年间，茅盾的曾祖父在汉口经商获利，汇款回乡，由茅盾的祖父经手，分两次从两家房主手里买进这幢房子，东面的两间两进先买，称老屋，西面的后买，称新屋。老屋新屋结构相同，中间仅隔一堵墙，两者楼上楼下有门相通，浑然一体，构成走马堂楼的格局。

在故居二楼的东面第二间，在1896年7月4日的喜庆气氛里，茅盾诞生了。茅盾五岁时，就在这间父母的卧室里，由母亲教他识字。这是一个典型的大家庭，全家有二十多人，都聚居在这里。茅盾父母卧室之东为祖父母卧室，西为二叔祖和四叔祖的卧室，第二进的楼上则住着姑母和曾祖父母。走进走出，满眼所见尽是些古老的雕花木床，陈木散发着久远的气息，那是一个今天的我们所陌生的环境。

楼下第一进东间为过道，是全家出入的大门，大门之上，是陈云题写的"茅盾故居"。东面第二间为家塾，最西两间为统间，是全家的餐厅。隔了一个小小的天井，第二进东间为客厅，茅盾童年时，他的祖母曾在此间饲养春蚕。养蚕是茅盾童年又一感兴趣的事，他在那里获得了许多感性认识，为创作小说《春蚕》积累了最早的素材。祖母喜欢养蚕，母亲也毫无例外地喜欢着，以致后来她在上海，每年还养百来条蚕当作消遣，这个传统到了茅盾子女手里也还延续着呢。

这两进楼房的后面，有三间平房，茅盾曾祖父在这里安度晚年。1934年，茅盾在拿到《子夜》的稿费后，亲手设计，将原先的三间平房翻修成比较新颖的书斋，每一间又隔成前后两间，西间的后一间，北窗下是茅盾的写字台，茅盾曾在这里创作的中篇小说《多角关系》，西墙边的长桌，是茅盾练书法的地方，分隔前后间的是到顶的大书柜。那年秋后，书斋竣工，茅盾来验收，还在园中亲手种植了一株棕榈和一丛天竺。历经七十年的风霜，天竺至今郁郁葱葱，每有游人至，叶儿飘忽，似欲与人语。

故居之东为立志书院，茅盾在此读了几年小学，如今门口挂上了"茅盾童年读书处"的匾额。过天井原是课堂，现辟为乌镇地方史陈列室。上悬"有志竟成"匾，匾额下有一尊汉白玉茅盾青年时代的雕像。

从后门出去，抬眼便见箭云楼，这是立志书院的主建筑。这一重檐式楼阁原是茅盾就读的教室。现作"茅盾走过的道路"专题陈列室，成为茅盾故居的一个重要组成部分。

从昭明太子读书开始的乌镇文化史，到茅盾在立志书院的发奋攻读，千百年来，书是乌镇的灵魂所在，那是文化人的精神寄托啊。

乌镇是茅盾取之不尽的宝库，《子夜》第四章"双桥镇"就是取材于自己的故乡，《林家铺子》的原型据说是邻家的一个小商人，更不用说《故乡杂忆》这样的文章了。是故乡的水滋润了茅盾的心田，是乌镇的石桥青石板路造就了茅盾这样的文学家，茅盾也给今天的乌镇带来了莫大的荣誉，茅盾文学奖的颁奖大会从第五届开始设在乌镇，那是乌镇的一个盛会，一次文学的狂欢，作为古镇人，谁不自豪？

五

当年，在商务印书馆工作的茅盾，回乡迎娶从小结亲的孔德沚进门。其时他们已搬出观前街的老屋，租住在北巷四叔祖的余屋。新娘不单不识字，还只有一个乳名，新娘的名字还是茅盾给取的。

沈家和孔家是世交，孔家几代在镇上开香烛店，到了孔德沚的祖父孔繁林时，孔家在财神湾修了一座精致的孔家花园，主人取名庸园。庸园还诞生了中国现代文学家孔另境，也就是孔德沚的弟弟，孔另境和茅盾一样也是一名中共早期的党员。

新娘才被娶进门，新郎却要回上海了，其时距新婚还不到一个月呢。茅盾回沪后，母亲开始教孔德沚读书识字。其实自定亲后，茅盾的父亲就让媒人告知孔家，不要缠足，要教女孩识字，虽然缠足因女孩的哭哭啼啼而放弃，识字什么的，女家却并没重视。但是孔德沚是个好强的人，过门之后，她便跟着婆婆读书识字描红写文章，继而进学校上起了正式的小学。此后的日子里，孔德沚凭着自己的聪明、坚强、能干，牢牢地把握住了自己的命运，给了茅盾最有力的支持和悉心的照顾。在立志书院的照片里，我们可以看到孔德沚坚强的身影。

但是在立志书院几百帧茅盾生平照片中，却没有发现一张秦德君的照片。我第一次知道秦德君这个人，是在我们嘉兴人范笑我的《笑我贩书》一书中，同时看到的还有一张当年茅盾和秦德君分手时的合影。既然要分手了，却还要合影，有悖于常情，后来才知道分手合影也是有原因的。

大革命失败后，作为政治家的茅盾，其行动不再自由。于是他蛰居在上海景云里自己的家中，足不出户，用十个月的时间，完成了《幻灭》《动摇》和《追求》三部曲，开始了他的创作生涯。发表《幻灭》时，他第一次用了"茅盾"的笔名。

为了改善环境，也为了呼吸新鲜的空气，1928年7月，茅盾离沪赴日，开始了他近两年的流亡生活。与他结伴而行的，就是秦德君。秦德君出生于四川，是一个五四运动中成长起来的新女性，又有着传奇般的坎坷经历。这一年，秦德君二十三岁，小茅盾九岁。

在东京的那些日子里，茅盾大部分的时间用来写作。他旅居日本时写的长篇小说《虹》，由秦德君提供素材，她还帮忙誊抄稿子，并在四川方言方面作了一些处理。这部小说，同样倾注了秦德君的一腔心血。1930 年，当樱花再次烂漫的时候，他们回到了国内，迫于压力，他们定下了四年之约暂时分手，并合影留念。只是四年之约没有结果。

茅盾的一生，塑造了许多的女性形象，秦德君必定给了他不少女性的思考。

六

几度寻觅于乌镇的街头，我发现，乌镇一直都在变化着。我们先前来时，乌镇有门票的地方只有茅盾故居，但我们每次都有新的发现，如六朝遗胜，如唐代银杏，如通济、仁济两桥，如立志书院，等等。这次去，却又大不一样，十二岁的信尔非常感兴趣的是织布作坊、染布作坊、三白酒作坊、汇源当铺等，这些都是我们以前来时没看到过的。他终于知道了棉花是怎样纺成线织成布的，知道了印染布的花为什么是白的，知道"当"和"卖"是有区别的。一边走，我还一边给信尔讲茅盾童年的故事和他的小说《当铺前》《林家铺子》《春蚕》等，他也听得津津有味。虽然现在的林家铺子只是一家普通的工艺日杂商店，汇源当铺也是有铺无市，但这些一点没影响我们的兴致，乌镇有太多的故事。应家桥堍的访卢阁，除了茶圣陆羽曾经来访过，茅盾祖父当年经常也在此喝茶。古老的小镇，在我们进进出出间，寻寻觅觅里，自有一份温情在默默地荡漾开来，就算冬日里，也身心俱暖。

我只是不知道，几年之后，等信尔长大了，他是否还记得这些？因为他已经记不起多年前曾经到过的这个被打出"中国·乌镇"的镇子，好在这些天，他一直念念不忘地说着茅盾的名字，就像在过去说王国维、徐志摩一样，而且他也知道茅盾和沈雁冰其实是同一个人。

2005 年 12 月

一个想飞的诗人
——徐志摩故居

西山

那年的圣诞节，我和朋友梦里水乡结伴上海宁的西山，因为那里有志摩的墓。

那一天，北风在吹，天色阴暗。走在西山的路上，唯见满眼的树林，枝枝丫丫层层叠叠在一起。我也曾在春天来过西山，西山的春天因为满山的翠绿和花香而美得动人，清香而湿润的空气抚慰着我一颗原本柔软的心，西山的印象就这样像水彩画一样带点透明的色彩刻了下来，在记忆里。冬天的西山，我分明走在记忆里，走在记忆的色彩里。

另一年清明节，安娜女士从香港辗转杭州到海宁祭扫徐志摩墓。她向志摩墓献上康乃馨和玫瑰，然后拧开一瓶红酒，一半洒在地上，一半喝掉，并且她将自己写的一首小诗烧在墓前。这样的消息在我印象中已

浪漫诗人徐志摩

见过几次了，我想许多年以后可能还会看到。而在此前的情人节那天，我看到摄影爱好者贴在网上的徐志摩墓前鲜花的照片。此情此景，总能让人动容。

来西山看志摩的人，也许是男人也许是女人，也许他还年轻也许她已年老，但喜欢志摩的心是一样，纵然身体衰老，他们的心不老。

陌野

登海宁东山的智标塔，由近而远，东、西两山历历在目。相传秦以前两山是连在一起的，称为硖山，秦始皇南巡时，远望硖山有"王者之气"，遂令十万囚徒将硖山拦腰斩开，才有东山、西山。听说东山上有浮石，在水里几年不沉，而西山出产的芦苇，放在水里会沉下去，只是现在没有了。海宁的神奇从这里就可见一斑。

东西两山都并不高大，但就算并不高大的山，也一样让人迷恋；海宁的潮水却是天下闻名，海宁潮一浪高过一浪，冲洗不尽的是代代相传的诗歌文墨。海宁的神奇更在此。

生来有幸，我就生活在离海宁不远的一个小镇上，从大处着眼，我们根本就是一地，同在嘉兴，一起深受几千年马家浜文化的滋润。所以我愿意一次次地去海宁，也一次次地遍寻诗人徐志摩当年走过的地方。

志摩的传记不知道有多少，我也说不清看过多少，我喜欢看的是他从骨子里渗透出来的浪漫之气。他四岁入家塾，他说在家塾中读书，最爱夏天的打阵，雷阵雨一来，原来又炎热又乏味的下午忽然变得异常热闹，甚至他觉得连私塾先生也喜欢这样的。十三岁那年他发现眼睛近视了，当他戴上眼镜的时候，"仰头一望，异哉！好一个伟大蓝净不相熟的天，张着几千百只银光闪烁的神眼，一直穿过我眼镜直贯我灵府深处……"他常常在夜幕降临时，抬头仰望星空，看繁星闪烁，更在中秋的日子，等待着"月华"。在星光下听水声，傍晚时骑车追赶落日，黄昏里康河边漫步，那是在康桥，成全了诗人的志摩。但这里是硖石，一样造就了志摩诗人的情怀，他做了很多普通人不会做的事。他回硖石时，常常会住在山上，东山脚下的"三不朽祠"的横经阁、东山绝顶智标塔的飞岚阁、西山上的白公祠，等等，都曾是他的"窝"，白公祠中有茂盛的红梅、玉兰、翠竹，风景如画，飞岚阁耸立山顶，硖石美景尽收眼底，"三不朽祠"正对着山景，常青的树，石牌坊戏台，怪形的石错落在树木间。一切大自然的，在他眼里尽是一首首的诗，所以志摩才说，"我生平最纯粹可贵的教育是得之于自然界，田野，森林，山谷，湖，草地，是我的课堂"。

有一年冬天，早上起来发现东山上下雪了，他想沽酒助兴，但雪很快地化了。东山的雪，也好多次激发了他的同情心，有一次，也是雪天，一个妇人坐在阶沿上很悲伤地哭，她说她三岁的儿子在东山脚下躺着，她想买几张油纸来替他盖上，其实她已经唤不醒她的儿子了。志摩满怀同情之心，写下了《盖上几张油纸》一诗。雪是洁白，但是洁白的雪，掩盖了人间多少的不平啊，浪漫的诗人，心中也多了份不平。

东山寺戏台脚下住着一群乞丐，看见他们挨饿受冻，志摩送冬衣给他们，也带着酒和他们席地而喝。虽出身富家，但和乞丐成为朋友，是今天的人也很难做到的。他把一腔的同情心付于笔端，写下了《叫化活该》。他还用硖石土白做诗，在《一条金色的光痕》中，写出了穷人的悲哀。有一次，他在柴家桥，遇见一位挑粪的农民，两人并肩而坐，促膝而谈。以他的慈悲之心，他真的成了人人的朋友。

故居

在浙江海宁硖石镇河西南路，原有一幢老屋，共四进。1897 年 1 月

徐志摩故居　子仪 绘　2017 年 9 月

15 日，志摩出生在第四进的北厢楼上，诗人在这里度过了他的童年、少年，第一进的北厢房是志摩接受启蒙教育的地方。徐氏一族，以经商兴家，到志摩父亲时，他家在镇上有酱园、钱庄、布庄等，并创办了蚕丝厂、布厂、硖石电灯厂。

等到去年冬天我和朋友去寻访时，老屋已经不在了，我们只看到干河街菜市弄 32 号的新居。1926 年，志摩偕新婚的小曼返回故里，住进刚落成的新居，开始他的红袖添香、月下伴美的幸福生活，"从此我想隐居起来，硖石至少有蟹和红叶，足以助诗兴，更不慕人间矣！"他和小曼一起上东山，尽享家乡美景，他们也开始了合作五幕话剧《卞昆岗》的创作，在第五幕中老瞎子弹三弦时所唱的歌词，用的是他写过的诗《偶然》。

新居是一幢红砖与灰砖相间的西式楼房，共两层，正厅铺设的彩绘地砖是德国进口，东西次间上下均有西式壁炉，中庭上有玻璃天窗，室内有电灯、浴室、冷热水管等。

来到故居前门，一眼看见"诗人徐志摩故居"几个清秀的字，是徐志摩表弟金庸所题。客厅名"安雅堂"，此三字由书法家启功题写，中堂是画家岳石尘百岁时画的松石图，两旁有对联。下面是有红木长台，长台上除座钟、瓷瓶外，中间还放着香炉、蜡钎。客厅的家具有红木八仙桌、红木太师椅、红木高脚茶凳等，但吊灯是西式的。

楼下的东西次间现在分别是徐志摩家世生平陈列和思想文学活动陈列，有许多志摩的手稿，诗、信，等等。我们喜爱的诗人走了，睹物思人，让人徒感悲伤。

楼上东侧为志摩与小曼的卧室与书房，中间也有一厅，西侧北厢房为其父母卧室。志摩前妻幼仪在离婚后，被徐志摩的父母认作义女，卧室就在西侧南厢房。

志摩房内全部为西式家具，家具漆成粉红色，床是铜床，墙上有梁启超题词。现在的书房，一面挂着当年引起轰动的百岁征婚老人章克标

徐志摩故居　子仪 绘　2017 年 9 月

题写的"眉轩"匾额，一面挂着胡亚光画像、张大千补衣褶并题字的志摩遗像，"眉轩"两字我不甚看得懂，志摩的遗像看来颇有些诗人的余韵。

二楼中庭之北还有一匾额，是当年志摩托刘海粟请康有为书写的，名"清远楼"。楼后有露台，登台可眺望东西两山。当年志摩喜欢站在这里，诗《望月》便是这样的时候产生的。可惜诗人这样望月的心情和心境，后来很难再有。

对于爱情，志摩是这样争取的："我将于茫茫人海中寻访我唯一灵魂之伴侣；得之，我幸；不得，我命，如此而已。"他是得到了他的所爱，但是他幸福吗？我看到过一幅他、小曼及小曼的两个堂侄漫步在乡间的照片，他们手拉着手，醉心于美好的清风山水间，每个人的脸上洋溢着幸福和安详，如果他们一直这样走下去，走在这片安宁的土地上，该有多好！

由于北伐战争的原因，一两个月后，他们被迫离开硖石迁居上海，自此，他们的生活很难再和谐。对生活，他一定是疲倦了，"我不知道风/是在哪一个方向吹——/我是在梦里/黯淡是梦里的光辉"。志摩的心底，弥漫着无限地落寞无限地惆怅。

多年后志摩的母亲去世，他回到故土。终因父亲再一次不能容忍小曼，以至父子反目，志摩的双脚也没有再回到过故乡的土地，直到他的离世：1931 年 11 月，三十五岁的志摩因飞机失事身亡，被葬在东山万石窝。

想飞，一直是志摩的梦想，甚至出事前一个晚上，他还在对他的朋友说："I always want to fly（我渴望飞翔）。"

飞翔，这是一个诗人的梦想，这是一个浪漫诗人对梦想的渴望。诗人总是说，飞出这圈子！飞出这圈子！到云端里去！到云端里去！

他果真飞出了这圈子，果真到了云端，他向我们告别："悄悄地我走了/正如我悄悄地来/我挥一挥衣袖/不带走一片云彩。"

志摩是走了，那天浓云密布大地失色，志摩带走了整片天空的云彩。

徐志摩故居 轩眉　子仪 绘　2017 年 9 月

他常说，飞扬飞扬飞扬，这正是志摩想要飞去的理想境地。他有一个笔名为"云中鹤"，我想他的灵魂是驾鹤仙去了。这么说来，志摩是幸运的，他得其所愿地飞去，留下虽短暂却长久的辉煌，他就这样与他的诗一起汇入了永恒。

身后

海宁东山万石窝，我也曾去看过，乱石兼荒草，已无路可走。当年万石窝志摩的墓体上有胡适题写的字，现在只能从照片上看到这一幕了。因请凌叔华书碑不就，十四年后由书法家张宗祥题写了墓碑：诗人徐志摩之墓。"文革"中墓被毁，后移至西山白水泉旁，迁葬时放入墓中的是陈从周先生撰写的《徐志摩年谱》和金星石墓志铭文。墓的两旁有两页石雕，上面分别镌刻着徐志摩的《再别康桥》和《偶然》。墓的一侧，还有其幼子德生的墓碑，字为梁启超题写。墓地非常安静，伴你的是万年不变的苍翠青山和漫山遍野的绿树，志摩，你一定是喜欢的！

为纪念志摩逝世，当时的《新月》和《诗刊》都出版了《志摩纪念号》专刊，发表了陆小曼、胡适、周作人、方令孺、郁达夫、梁实秋、方玮德、陈梦家等人的纪念文章，人人都为痛失他这样一个朋友而悲伤。

徐志摩遇难三周年，刚好林徽因从浙南考察回来，火车途经硖石站停靠，想到故人，她不禁泪水涟涟。志摩遇难之时，她和丈夫梁思成用碧绿铁树叶亲手编制了花圈，梁思成还从志摩遇难的飞机残骸上拾来一块木板，林徽因常年把它挂在她的居室，直到她生命的最后一天。志摩的两本英文日记，她也一直保存着，其最后的下落却是一个谜。一段情，一个谜，让今天的人们至今未能释怀。

志摩死后，小曼素服终身。她在自己的卧室悬挂着志摩的大幅遗像，每隔几天，总要买一束鲜花献上。1933年清明，小曼回硖石为志摩扫墓，写了一首感伤的诗："肠断人琴感未消，此心久已寄云峤；年来更识荒寒味，写到湖山总寂寥。"她的生活被彻底改变了，她虽沉溺鸦片无法振作，但是努力习画，终生不辍。她请贺天健和陈半丁教画，随汪星伯做诗。小曼的画作，我只看过几幅山水画，笔墨丰润，气韵淡远，也自成一格。志摩飞天时，带了她的一幅长卷，上面有邓以蛰、胡适、杨铨、贺天健、梁鼎铭、陈蝶野等人的手笔题字。人亡画却在，小曼六十三岁临终前，将此画卷和她所编的《志摩全集》的一份样本、一箱纸版及梁启超为志摩写的一幅长联交给陈从周，陈从周将《志摩全集》写了跋交北京图书馆，纸版由文学研究所保存，梁联和画卷交浙江博物馆。多少前尘、万千别恨，唯留下一段怆然。

张幼仪在离婚后成为一个新女性，她独立生活，事业有成，还为志摩的父亲养老送终，尽了志摩未尽的责任。她心如止水，尽心抚养儿子，在她五十六岁时，儿子徐积锴在美国成家立业，她这才与邻居医生再婚。

三个爱志摩的女人，她们各自用自己的方式来怀念志摩。

硖石的土地上，诗人白居易曾经来过。那天，我和梦里水乡走在西山，天气异常寒冷，北风在吹，我们聆听两位相隔久远的诗人在风中的细语。他们愿意留在西山的时候，必定是不寂寞的，因为他们有醉人的诗篇，他们更有梦想的翅膀。

2005 年 5 月，初稿

2005 年 11 月，修改

红了樱桃，绿了芭蕉
——丰子恺故居

一

重读《缘缘堂随笔集》，距初读那时，年轮已了无声息地转去了十多个年头。岁月的流逝，一如缘缘堂外的那些樱桃和芭蕉，果青了又红，叶落了又长。岁月在无数次的貌似重叠中悄然而逝，我也早就不是那个初读丰子恺随笔的青涩女孩了。

读书的过程是非常愉快的，尤其是今日重读丰子恺随笔。当我两次访过桐乡石门的缘缘堂，看过丰子恺传记和他的许多漫画作品后，这个过程就愈加显得趣味盎然。我很欣喜，因高人一指点而投入到了嘉禾一地文化名人故居的访问中，如果不是这个原因，我可能依然不会这样彻头彻尾地阅读：把诗文随笔和书画作品连同传记年谱一起看。于是在阅读的过程中，人物的形象日渐丰满了，有时我悄悄地和他们对话，有时

丰子恺

我默默谛听他们的心声，有时我任思绪漫天飞舞……

我就是这样，随着丰子恺的作品一路过来，读读文章，看看图画，想想他一往情深的缘缘堂。

二

在生命的流转中，童年的记忆总是特别的，流水飞度，而记忆恰似岸岩上血红的刻字，潮涨潮落中时隐时现。

大运河的水，千百年来滋润了一代又一代人的童年。大运河深知，那在石门的一个一百二十度大弯，是要制造一些起伏的，古树老屋只是一些必要的陪衬罢了。

老屋名惇德堂，就在大运河的拐弯处，是丰子恺祖父开设的丰同裕染坊店的一部分。老屋陪伴了丰子恺度过了他的幸福童年，他多次地描写过这样的快乐生活：祖母在家里大规模地养蚕，三开间的厅上、地上的落地铺里统是蚕，架起经纬的跳板来通行和饲叶，他就以跳跳板为乐，常失足跌到落地铺里；天井角落的缸里，经常养着蟹，待到中秋的时候，移桌子到外面的场地上，抬头看月低头吃蟹；隔壁豆腐店的王囡囡捉了许多米虫，有时扑杀花蝇，教他用米虫或花蝇钓鱼。这样的故事真是太多太多，大运河的涛声里，无数次洗刷过的记忆越来越纯。

童年如花转影般地消逝了，大运河迎来了又一代人的童年：阿宝、瞻瞻、软软……陪伴他们的是红了的樱桃，绿了的芭蕉，晶亮的葡萄，悠悠的秋千架。一样的天空，一样幸福的童年。

这时候，老屋之旁，已多了缘缘堂。缘缘堂就建在丰家的这块祖基上，大运河边。

丰子恺曾经说："倘秦始皇要拿阿房宫来同我交替，石季伦愿把金谷园来和我对调，我决不同意"。那么石门的缘缘堂究竟是怎样一处"华屋"呢?

缘缘堂建成于 1933 年，坐北朝南，整个建筑形式朴素，高大轩敞。缘缘堂正面向有三厅，中央厅铺大方砖，正中挂着马一浮书写的匾额"缘缘堂"三个大字，中堂是一幅吴昌硕的红梅图，两旁是两副对联，分别是弘一法师书写的《华严经》集联"欲为诸法本，心如工画师"和丰子恺自己书写的杜甫诗"暂止飞鸟将数子，频来语燕定新巢"。东西两壁则挂着弘一法师书定的《大智度论·十喻赞》。这是当年缘缘堂的陈设，现今内容一切如旧，只是换了书画家的名，听工作人员小姚说，中堂的红梅图已是第三幅了，现在两壁挂的《大智度论·十喻赞》，是十多年前由当时仅二十余岁的一心法师所书。

西厅是丰子恺的书斋，四壁陈列图书数千卷，常挂弘一法师写的长联。东厅为餐厅、起居室，内连走廊、厨房和平屋。三厅前后都被隔成前后间。楼上有多间卧室。

缘缘堂前的天井里，中间是一只花坛，当年丰子恺在那里手植了樱桃树，西边角落有几株芭蕉，"红了樱桃，绿了芭蕉"，这在缘缘堂成了鲜美的对比。西南两面高高的围墙上，爬满了爬山虎。东面门楣"欣及旧栖"横额下的两扇木门，缘缘堂重建时用的是从战争炮火中抢救出来的焦门。焦门见证了缘缘堂悲愤的历史。

缘缘堂与北面的平屋之间又有一天井，葡萄架下是秋千架。夏天，茂盛的葡萄架下，传来孩子们的欢声笑语。秋天，芭蕉的叶子高出围墙，是粉墙上一幅绿色的画。丰子恺在缘缘堂的那五年，专心译作，累了的时候，葡萄飘下叶片儿问候他，渴了的时候，门外水蜜桃西瓜的叫卖声已在近前。缘缘堂的那些日子，真让丰子恺陶然而忘倦，如此的天时地利，为他带来了丰厚的收获，他完成各类作品二十余种。

"缘缘堂"名字的来由却早在几年前，当年在上海江湾时，弘一法师让丰子恺抓阄，两次都抓到"缘"，"缘缘堂"就此定名，这是缘缘堂的灵，直到在石门正式建屋赋予形。

从老屋到华屋，丰家生活并不很富有，但安宁和快乐时时让主人们心满意足着。这是一个很普通的中国之家，但又何其地不普通，漫画和文章不断地从缘缘堂来到这个世间，向世人展示了缘缘堂极不寻常的一面。

三

一个拥有幸福童年的人是幸福的，他的性格也因此宽厚，心灵也因此充满了温情，而丰子恺，便连他的画里也渗透了这样的情怀，是画的灵魂所在。

丰子恺自小酷爱画画，私塾老师让他画孔子像，每天早晨和放学，他和同学对着孔子像恭敬地一拜。在浙江省立第一师范学校，他随李叔同（弘一法师）学图画和音乐，随夏丏尊学文章，曾赴日本学习艺术。在白马湖春晖中学的小杨柳屋，他的漫画出世了，一个艺术上的奇迹以不张不扬的姿态来到世人面前。那时候，小杨柳屋的墙上，用图钉别着他刚刚完成的作品，小屋一间，图画满室，艺术的芳香经久不散，让每一个走进这间小屋的人流连忘返。1924年，在朱自清、俞平伯主办的刊物《我们的七月》上，《人散后，一钩新月天如水》发表，画面上，一道卷帘，一只小桌，桌上一只茶壶几个杯子，人已尽散，唯见一弯新月，意境幽远，给人无尽的遐想。这是他公开发表的第一幅漫画作品，得到上海《文学周刊》主编郑振铎高度赞赏，感觉被带到了一个诗的意境。次年，《文学周刊》陆续发表其画，郑振铎冠以"子恺漫画"之名，丰子恺成了中国抒情漫画的创始人。

丰子恺最早的漫画题材取自古诗，古诗融入笔法疏朗的绘画的意境中，一如行云流水般地舒畅。《无言独上西楼，月如钩》一画，看似无语，却多情;《过尽千帆皆不是，斜辉脉脉水悠悠》，画不尽女子的相思;《幸有我来山未孤》，人山皆有情。我们读古诗，常常会被诗中的意境所感染，但也只是这样地被感染着，想象着，丰子恺却用他的画笔，以极其简练的笔墨，把诗意描绘下来，讲求气韵的有机融合，让人不由自主地沉醉了进去。你看《今夜故人来不来，教人立尽梧桐影》，夜色下的盼望越来越长，月色下的影子越来越短，连两只小兔子也等得心急呵。丰子恺生命中的那份至情至性，渗透到漫画中，一任情感无限地抒怀，真可谓前无古人，至今无来者。

他的儿童漫画最受小朋友的欢迎了。《阿宝两只脚，凳子四只脚》，画的是女儿阿宝脱了自己的鞋再拿了妹妹的鞋给凳子穿;《爸爸回来了》，儿子瞻瞻穿上爸爸的长外衣，手拿爸爸的公文包和拐杖，还戴了爸爸的宽檐帽，就自说自话地认为，这是爸爸回家了。这一个个的小景，从父亲的眼里看出来，天真烂漫童趣盎然，从艺术家的眼光把握，便化作图画恒久留传了。

几年前我带着儿子初次到石门缘缘堂时，我们看着这一幅幅的古诗题材和儿童题材的漫画，各自爱不释手，便带回了各式各样的漫画、明信片、火花、藏书票、贺年卡等，每当我查找资料看到这些的时候，那翻动的手便缓了下来，总得重新欣赏一次。一份由心而来的喜悦阵阵袭来，我感受着灵魂在漫画中弥漫着的那份温情。

四

我初读丰子恺随笔距看到他的漫画，相差的时间甚远，印象也不太深，所以未曾把两者联系起来，这次重读缘缘堂随笔，才知道他的好多漫画都是有"模特儿"的，如前面说到的阿宝、瞻瞻。某一天，瞻瞻灵光一动，创造性地用两把芭蕉扇做成一辆脚踏车骑，于是便有了《瞻瞻底车（二）脚踏车》。当成名后的丰华瞻作为著名教授到外国的大学演讲时，礼堂上就悬挂着这张画。

在乡下，看到三娘娘纺线，于是有了《三娘娘》的纺线图。在上海的老房子里，有时从过街楼上挂下一只篮子买两只粽子，便有了《买粽子》。一次丰子恺在一只船上，从窗外看去，有人坐在野外理发，窗户成了画框，他把画面略加调整，便是一幅《野外理发处》漫画。

丰子恺从画古诗开始，画儿童、画社会众生相、画自然等，画了很多很多。1925年年底，他的《子恺漫画》由开明书店出版，次年出版《子恺画集》，此后一发不可收拾，文学、绘画、音乐、翻译等各个方面均有大量作品问世，迎来了丰子恺一生事业的全盛期。

丰子恺的画，正如俞平伯所说的，"一片片的落英都含蓄着人间情味"，情溢于衷而发为文墨，投入了他太多的感情，所以特别容易引起共鸣。他的《挑荠菜》《断线鹞》，曾经引起当时在北京的朱自清对江南、对儿时的无尽的怀念。另一幅《几人相忆在江楼》，他的老师夏丏尊常把这画挂在墙上，当老师怀念学生时，便抬头看看这画，并为学生默祷平安。

这样感人的故事，读来不觉怦然心动，还有谁，还有谁能让人如此忘我而心醉？

五

无常，是丰子恺经常提到的一个词。

世间很无常，世间的一切都很无常：人、自然，大地上的一切。因为无常，于是叹息。

那个小时的玩伴王囡囡，在丰子恺后来回乡时，改口原来的"慈弟"而叫他"子恺先生"，让人唏嘘不已，一时仿如看到了闰土。

石门　丰子恺故居　子仪 绘　2018 年 7 月

红了的樱桃，绿了的芭蕉，一样向人暗示了无常。葡萄叶儿一片片地飘落，日历无常地翻过一日又一日。1938年，丰子恺被战火所逼流亡于中国内地，缘缘堂毁于日军炮火。无常岁月中，缘缘堂一度让人痛心地消失了。无比愤慨中，丰子恺写下了《还我缘缘堂》和《告缘缘堂在天之灵》。

抗战胜利后，当经历了战火洗礼的丰子恺重回石门湾时，他差不多认不出他的出生地，荒草、废墟，故土默默无语。他已看不到缘缘堂的影子，看不到红了的樱桃和绿了的芭蕉的美景。儿子华瞻从地里找到一块焦木，带回北平留作纪念，唯此而已。

1975年，远方的游子又一次回到故乡的土地。那是一个春天，树叶儿点头，油菜花欢歌，石门的乡亲热烈地欢迎老画家重回故里。丰子恺被感染了，他深情地回报给予他热情的乡亲，为他们留下了珍贵的墨宝。

丰子恺回去后，他的健康每况愈下，岁月又一次显示了无常，也就在这一年，他匆匆作别了这个无常的世界。当他的夫人过世后，子女将丰子恺的衣冠和夫人合葬于石门的乡下南圣浜。南圣浜是他妹妹常年生活的地方，也是战前战后，丰子恺离开石门和回到石门的第一站。那一个地方，小河横流，树木常绿，清风徐拂，油菜花飘香，一派迷人的田野风光。自由飞翔的灵魂，我知道一定很愿意来这里。自然，也因为大画家的缘故，我看到，这儿的天更蓝水更清了。

1985年缘缘堂由桐乡市人民政府和新加坡佛教总会副主席广洽法师出资重建，1998年，在丰同裕染坊店旧址上，又兴建了丰子恺漫画馆。馆外的围墙内侧，刻的都是丰子恺的漫画。岂止是围墙呢，天空大地，眼里所看到的，仿佛都是他的漫画。一个漫画的世界，满世界的温情。

2005年4月

明月清风长悠然

——陆维钊故居

一

浙北嘉兴的平湖市，历史上素来有"金平湖"之美誉。如此溢美的称呼，预示着平湖一地的金贵。当秋天，金灿灿的稻谷布满田野的时候，就知道金子般的收成就要实现啦，而赋税哗哗地流进来，不就是真金白银嘛。金平湖，给人带来美妙的遐想。

在平湖东面靠近东海接近上海金山的地方，有一个小镇名叫新仓。新仓是一个狭长的小镇，有一条盐船河穿越小镇而过。新仓有着悠久的历史，据记载，新仓建镇于宋元祐八年（1093），有"东乡十八镇、新仓第一镇"之称号。宋代，官府曾在新仓设置盐仓，清代康熙年间，又设芦沥盐场课大使，所以新仓又名"芦川"。在新仓的西街，有一幢两进的平屋，艺术大师陆维钊就出生在那座老屋里。

陆维钊（1899—1980），原名子平，字微昭，晚年自署劭翁。曾在圣约翰大学、浙江大学、浙江师院、杭州大学任教，是我国现代高等书法教育的先驱者之一。他精于书法，擅长国画、治印，晚年以书法卓绝而驰名于世，还独创非篆非隶亦篆亦隶之新体——现代"蜾扁"，独步古今书坛。

二

陆维钊是唐代内相陆贽（陆宣公）的后代，他的祖上先迁平湖新庙乡，到陆维钊曾祖父时，因房屋毁于战火，于是全家再迁新仓镇，还在镇西开了一家协和杂货店来维持生机。不过，曾祖父在陆维钊祖父陆少云十一岁时就因病去世。好在陆少云天智聪明，喜欢读书，二十二岁时以第二名的成绩中了秀才。他一生教书，除到县城执教外，主要在家乡镇上设馆开私塾。

陆少云爱读《陆宣公集》，陆贽曾说："士不能为国尽力，亦应为医救人。"陆少云受此影响，除攻读儒家之书外，兼攻中医，对传统医学四大经典著作之一《黄帝内经》有过校勘，对中医各大家如李东垣、徐灵胎、张景岳、陈修园等人的著作都有案识。由于平湖地处滨海沿线，欹医少药，故陆少云教书之余兼行医，并且常与当地医家切磋医术，治病救人。

陆少云的小儿子是陆维钊的父亲，当他新婚才三年的时候，因伤寒起病急发病快，不久离开人世，留下遗腹子，就是后来的陆维钊。陆维钊出生于清光绪二十五年（1899 年 3 月 3 日，农历己亥年正月二十二日），这个小生命的诞生，给悲伤、黯淡的陆家带来光明和希望。祖父给这个小生命取名为子平，希望他平平安安健健康康地成长。

陆维钊三岁时，跟着祖父数数、认字，念《三字经》《百家姓》等，八岁时，为了全面地接受新知识，祖父送他到镇上的芦川小学上学，于是有了"维钊"的学名。

陆维钊在芦川小学读书两年后，祖父觉得洋学堂的课程过杂，很难给孩子打下扎实的国学基础，于是祖父把陆维钊带到自己身边，亲自教他读四书五经、诗词文赋和书法国画等。再过四年，又将孙子送到送回芦川小学，继续学习新文化知识。

新仓镇以东二十里处放港的外婆家也是陆维钊经常去的地方，这里更靠近东海，一片沃土，稻田更生。直到晚年，陆维钊对放港仍有深刻的印象。他曾经写过一首《踏莎行·放港外家即景》，有"远水平桥，疏篱矮屋，望中不隔炊烟薄"这样的诗句，河水、小桥、篱笆、矮屋等，这些都是平湖当地的水乡风貌。陆维钊在这样的环境中慢慢地成长起来。

陆家所在的平屋，共有两进，前一进临街，开了洗染店，陆家住在后一进，每天经过洗染店进出。洗染店的账房先生，名叫潘锦甫，绍兴人，独自在此谋生。他对书法有研究，写一手好字。陆维钊放学回家经过洗染店，潘先生会招呼他进来做作业，并指导他临习唐代书法家颜真卿所书《多宝塔碑》，这样一来，便培养了陆维钊对书法的兴趣，于是一对老少结成了忘年交。当陆维钊重回芦川小学之后，遇到了美术老师陆柏筠，他是崇明人。陆柏筠发现陆维钊毛笔字刚劲有力，结构稳重，认为是个可造之才，便经常指点他写毛笔字，让他临习作为篆书范本的《石鼓文》和隶书的典范之作《张迁碑》等。陆维钊非常聪明，经常一点就通，再加上他勤学苦练，他的书法在当地已经小有名气了。直到暮年，陆维钊曾有回忆："余之学书，实绍兴潘锦甫先生启之，学颜《多宝塔》，时余年十二。其后崇明陆柏筠先生则教余篆隶，终身不能忘也。"

因为书法名闻乡里，陆维钊就常常替人写对联、祖宗牌位等，后来甚至连榜书也请他誊写，每到年底，洗染店发的红票，更是等着他来书写。这时，祖父参与编纂《平湖续志》，所撰文稿也由陆维钊代为誊抄，他显然成了乡里一位小小书法家了。

这年，新仓镇的大路边，新建了一座凉亭。有人建议在凉亭上挂一块匾额，匾额上写"明月清风"四个大字。那么请谁写呢？有人提议，请陆少云的孙子陆维钊来书写。在祖父的首肯下，少年陆维钊捧出砚台，不慌不忙地磨墨、铺纸，"明月清风"四个字一气呵成，乡亲们一致叫好，他们没有看错陆维钊，陆维钊也没有让他们失望。

不久，县太爷来新仓，路过凉亭，看到这块匾额，驻足审视，不觉叫好，最后得知，这几个字竟然出手一位小学生之手，不禁连连称赞。这事很快在乡里传来了，陆维钊的名气就更大了。

陆维钊除了爱好书法之外，他还跟邻家一位理发师学弹琵琶。多姿多彩的生活，给陆维钊年轻的生命带来无限的生机和活力。

陆维钊十五岁那年，母亲突然生了一场大病。母亲觉得自己不久要离开人世，她想把儿子的终身大事给解决了，这样也就瞑目了。陆维钊一听，惊呆了，他不愿意过早地受到婚姻的约束，他还想好好地念书。可母亲并不赞同，她物色了一位比儿子大四岁的姑娘。想到母亲含辛茹苦地把自己抚育长大，陆维钊不愿意拂逆了母亲让母亲伤心加重病情，在万不得已的情况下，陆维钊委屈自己，勉强同意了这门亲事，却又在心里深深地抗拒着。晚年回忆这段往事，他写道："在民初的环境里，我又要全孝，又要反抗，成了极度痛苦的斗争，这可说明我思想矛盾和斗争性的既不妥协，又不激烈的韧脾气。"

不过幸运的是，十六岁的陆维钊高小毕业后，他考取了当时嘉兴的最高学府—秀州书院，时在 1914 年。新仓西街尽头的码头上，祖父前来送行。多少年后，陆维钊曾有《别家》一首：

风萧萧，马斑斑，离群鸟，声苦哀。

独养子，出门难、老祖走相送，寡母倚门叹。

回头一望一低首，村前村后皆青山。

对陆维钊来说，新的人生开始起航了。

三

秀州书院创建于 1896 年，当时是一所教会学校，由美国基督教南长老会创办，最早校址在嘉兴梧桐树街，1900 年迁入福音医院内的爱格森堂，定名秀州书院，1910 年迁到项家漾，1918 年夏，学校正式定名为秀州中学，1952 年转为公办学校。迄今为止的一百多年来，秀州中学人才辈出，群星璀璨，数学大师陈省身、诺贝尔物理学奖获得者李政道、翻译家朱生豪、现代文学作家黄源、红学家吴世昌、英语教学宗师许国璋等，都曾就学于秀州中学。学校校风淳朴，吸引了大批学子前来就学。

秀州书院有着很好的学习环境，教学楼是一幢有着红色砖墙黑色铁皮屋顶的两层西式楼房，被称作西斋，与西斋相对的是住校生宿舍，是为东斋，陆维钊就住在东斋。同学之中，以陆维钊、胡士莹、徐震堮三人文才突出，被称为"嘉兴三才子"，他们常在一起诗词唱和，研讨学问，同声相应。而学业上，先后受教于嘉善的张天方、乍浦的钟子勋、江山的刘子庚、海宁的朱蓬仙和刘毓盘诸先生，这几位都是秀州书院的国文教师，其中张天方是法国巴黎大学留学博士，朱蓬仙为章太炎的门生，对于文字、音韵、训诂等有研究。陆维钊常常向朱蓬仙先生请教书法、篆刻方面的知识，这期间，他对汉字的起源、字体的变异等作了研究，开始专攻魏碑，潜心学习、临摹《石门铭》《爨龙颜》《瘗鹤铭》《云峰山刻石》等碑刻。在这样的氛围里，陆维钊很快就脱颖而出，成了其中的佼佼者。

在秀州书院的第三年，陆维钊十八岁，那年他写过一幅钟鼎文《杜白作宝盝》。四十五年后，一位名叫潘康生的人，在平湖旧书店中发现这幅字，买下并装裱好，珍藏了起来。又过十三年，潘先生打听到了陆维钊在杭州的住址，便带了卷轴专程登门造访七十五岁的陆维钊。陆维钊作题记曰："此余十八岁时初学钟鼎所写，其后四十五年，潘君康生来平，在邑城故纸堆中得之，所钤两印，亦当时余所刻也。记时则年已七十五矣"。学生时代的一幅书法作品，被人收藏，又历经岁月的洗礼，重新回到眼前，陆维钊不觉感慨不已。

陆维钊在学校里，被称为"秀才"，不过他也不只知道读书写字，他还喜欢踢足球，绿茵场上，常能见到他高大的身影，同学们还给他取了个外号叫"狮子"，可见足球场上他的勇猛。

在秀州书院，读书写字之余，陆维钊也留恋于嘉兴的名胜古迹。嘉兴是一座古老的城市，有着深厚的历史文化底蕴。在嘉兴西门的三塔湾，宋时称作金佗坊，岳飞之孙岳珂在嘉兴任职时住在那里，后人建有岳王祠，纪念南宋抗金名将岳飞。读书之余，陆维钊、胡士莹、徐震堮三人常来到岳王祠，凭吊古迹，缅怀先人。陆维钊还会一边弹着琵琶一边唱《满江红》，青春少年，意气风发。

有一个秋日，陆维钊、胡士莹、徐震堮等人同游落帆亭等名胜古迹。落帆亭在嘉兴城北的大运河畔。古时运河上南来北往的船舶不断，樯帆如林，运河上有一座闸门叫杉青闸，船要过闸必先落帆，后人在闸北落帆处造了一座亭，命名为"落帆亭"。杉青闸是外地船只进入嘉兴城的必经之地，由于商旅与游人停靠，闸口成为繁华热闹的集市。后来铁路公路兴起，大运河不再繁忙，此处也渐渐萧条。等到陆维钊他们来游时，落帆亭一片野景，感慨万千之下，陆维钊写下一首诗咏叹之：

一声牧笛起菰蒲，远浦飞帆逐野凫。
风颭杨花高复下，雨迷城堞有还无。

亭中尊酒宽胸臆，烟里楼台入画图。

此恨年年消不得，秋来诗思满江湖。

四

1918 年，陆维钊中学毕业，这时的秀州书院已改名嘉兴秀州中学校，接着他考入杭州之江学堂。之江学堂的前身是 1845 年由美国长老会的传教士在宁波创办的崇信义塾，1867 年由宁波迁到杭州大塔儿巷，改名育英义塾，1897 年改名育英书院。1910 年，已经成为高等学府的育英书院迁到江干钱塘江新校区，改名为之江学堂。之江学堂坐落在秦望山头，左边是巍巍的六和塔，正对面是滔滔的钱塘江水。新建的校舍有五幢，红砖墙的校舍错落地分散在山林间，非常漂亮。

作为天堂的杭州是迷人的，之江的校园生活是宜人的，可惜的是，入学才半个学期，因为一场大病，高烧不退，医生说不清病因，陆维钊只得辍学回家，养病半年，才渐渐地恢复过来。看到祖父日渐衰老，自己已经成年，不能总是靠年老的祖父供养，于是陆维钊没再回之江，而是到当地的竞存小学任教。

但是陆维钊毕竟还年轻，外面的世界不断地向他招手，他渴求获取更多的新知识，不久他考取了国立南京高等师范学校。南高师历史悠久，早在三国时期，国学开始创建，宋建儒学，连绵不绝，清代在国学旧址创办了三江师范学堂，后改两江师范学堂，1914 年，在两江师范学堂的基础上建立了国立南京高等师范学，以后历经国立东南大学、国立第四中山大学、国立江苏大学、国立中央大学、南京大学等。当时的南高师校长是郭秉文，知名的教师有陶行知、陈鹤琴、郑晓沧、汤用彤、吴梅、杨杏佛、柳诒徵、梅光迪、茅以升、竺可桢等，一时名师荟萃。陆维钊进文史地部学习，原想师从竺可桢学习地理、气象，不过因为双腿得了急性淋巴管炎，不适合地理，便转到文史专业，师从柳诒徵学《古典文学选读》《中国文学史》，师从吴梅学宋词、元曲，师从王伯沆学《诗选》。由于陆维钊才华出众，后来他主编了南高师学术刊物《史地学报》，直到毕业离校。陆维钊兴趣广泛，南高师还开设了音乐课，陆维钊师从丁二仲学弹古琴、吹箫。节假日，会和同学孙雨亭、赵万里等游览南京的名胜古迹。

1925 年 6 月，陆维钊南高师毕业，由于他品学兼优，得到吴梅老师的赏识，因吴梅老师推荐，他成了清华大学国学研究院导师王国维的助教。7 月底，陆维钊便到清华园报到。王国维留着长辫，戴着瓜皮小帽，态度和蔼可亲，两人又是嘉兴老乡，更见欢喜。可是不久，祖父病重，这对陆维钊犹如晴天霹雳，他依依不舍地请假回乡，助教一职由赵万里接替。1926 年 3 月，祖父久病不愈离开了人世，之后，陆维钊接受母校的邀请去秀州中学任教。

五

陆维钊在南京就学期间，每到假期回到家乡，常会去放港外婆家，这时，小他八岁的表妹庄礼微已长成一个俊俏的姑娘，两人青梅竹马，陆维钊从出生时就没见过父亲，表姐三岁时失去母亲，相似的遭遇让两人走得很近。南高师读书期间，陆维钊还常常给表妹写信，诉说封建婚约给他带来的痛苦，表妹对他深表同情，鸿雁往来之中，两人结下了深深的感情，两颗心贴得更近。

但是母亲定下的婚约依然存在，陆维钊多次要求解除婚约，女方总是不答应。在当时的环境下，婚约一旦解除，女人这一生就毁了，所以女方愿意陆维钊另娶二房，也不愿意解除婚约。可陆维钊觉得，在没有感情的情况下结婚，是不负责任的，因此他坚决不肯结婚。而陆维钊与表妹庄礼微之间频繁的交往，引起了轩然大波，女方指责庄礼微破坏他们的婚姻。从小失去母爱的庄礼微多么需要表哥的爱情，但现实很残酷，她不敢勇敢地接受爱情，陷入了深深的矛盾之中，忧伤悲观的情绪笼罩着她，以致她的身体渐渐地衰弱下来。陆维钊母亲去世之后，女方在深感婚姻无望的情况下，终于同意解除婚约，此时陆维钊三十四岁。庄礼微因为长年的忧伤，患上了结核病，一朵鲜花过早地凋谢了。陆维钊伤痛不已，他取斋名为"庄微室"，后改字"微昭"，以示对表妹长久的纪念。

1927年9月，陆维钊辞去秀州中学教职，应聘为松江女中国文教员。1933年，他与松江人李吉蓉结婚，次年生下长女。日寇入侵之后，妻子李吉蓉病重，不久又成离别。陆维钊中年丧妻，后经人介绍，1940年与李怀恭在上海结婚，次年生下长子。

1941年12月，太平洋战争爆发，日寇占领租界，松江女中被迫停办。1942年8月，陆维钊到上海圣约翰大学任教。教学之余，陆维钊协助叶恭绰编纂《全清词钞》，这部著作工程浩大，成书于1952年，1975年正式由中华书局香港分局出版。为此，陆维钊付出了几十年的心血。

六

抗战胜利后，浙江大学将回迁杭州，受浙大校长竺可桢的邀请，陆维钊辞去上海圣约翰大学的教职，于1945年秋到浙南龙泉的浙江大学龙泉分校文学院任教，担任古典文学的教学工作。

1946年的清明，陆维钊回到故乡。他去探望了小舅舅，住在放港外婆家，又回到新仓扫墓，还去一探祖屋。原先两进的老宅已成断墙残垣，院内一片荒芜，唯见一只舂米的石臼还在那里。陆维钊手抚石臼，感慨万千，不久他的次子出生，名字就叫石臼。

陆维钊回乡的消息传出之后，左邻右舍纷纷前来，有的来问候，有的来索取墨宝，陆维钊一一满足他们的要求，他当时为新仓镇国药店题写的"韩康遗法"匾额，作为文物，至今保存在陆维钊书画院内。这期间，陆维钊还意外接到平湖县（今平湖市）政府的通知，他已被圈定为临时县参议员，但他坚辞不就，他在心里始终有自己的定位。在平湖期间，他给夫人李怀恭写信，附诗一首《寇退回家乡示怀恭》：

六年未作无家别，四海方殷失路号。
寒燠信从人世历，风尘真累釜薪劳。
敢忘胞与轻肩负，谁遣星霜易鬓毛。
何处童心和汝觅，归程应验浙江潮。

陆维钊书画院

1947年，浙江大学自贵州遵义、浙大分校自龙泉陆续迁回杭州。陆维钊与陆子相、杨其泳奉命协助校方接收罗苑校舍。罗苑在孤山平湖秋月以西，是犹太人哈同的私家花园，被称作哈同花园。据《西湖新志》载："其在平湖秋月右，重楼叠阁，玲珑水次，消夏最宜。惜苑址与湖堤相接，狭长如带，不能广栽花木耳。又名'环瀛小筑'。"后为，由于外国人不得在西湖置产的原因，政府收回罗苑，作为国立艺术专科学校（中国美术学院前身）教职员工宿舍，抗日战争胜利后，又拨给浙江大学，作浙大校舍和教职员工宿舍，所以才有陆维钊等人接收校舍一事。罗苑秀丽的环境，成了浙大人的宜居之处，教师们常在此把酒吟诗，畅谈人生，这样诗意的生活亦人生之乐。陆维钊的小女儿昭菊就出生在罗苑宿舍，时值农历牛年，西湖又名金牛湖，小女儿乳名就叫金牛。

　　陆维钊在杭州期间，与夏承焘、胡士莹、张宗祥等交好。有一年夏天，杭州大热，大女儿昭蓉一连几天高烧不退，医生查不出原因，一时束手无策，无奈之下陆维钊求助于张宗祥，张宗祥看病开方，一帖药下来便有起色，三帖药竟然痊愈，令陆维钊佩服之至。张宗祥也是嘉兴人，曾任浙江图书馆馆长、西泠印社社长，他除精通医术之外，更擅长书法，故此他们之间常常切磋交流。

　　中华人民共和国成立以后，陆维钊曾到苏州华东革命大学政治研究院学习，1952年，全国高等学校院系调整，浙大文学院、之江大学文理学院、浙江师范专科学校、浙江俄文专科学校合并成立浙江师范学院，陆维钊任浙江师范学院中文系副教授，浙师院后改名杭州大学。1960年，应浙江美术学院院长潘天寿之请，陆维钊调入美院，任中国画系副教授。浙江美术学院的前身是国立艺术院，蔡元培创办于1928年，1929年改名国立杭州艺术专科学校，1938年更名国立艺术专科学校，1950年是中央美术学院华东分院，1958年为浙江美术学院，那时的校园包括西湖罗苑、照胆台、苏白二公祠等，浙江美术学院于1993年更名为中国美术学院。

在陆维钊等人的倡导下，浙江美术学院于 1963 年创建了金石篆刻专业。

抗战胜利后陆维钊在杭州，生活安定，他把很多时间投入书法创作中。他原本擅长篆书和隶书，虽然在书法艺术上已有很高的成就，但他不满足于现状，勇于探索。他对新出土的碑石书简等，都非常关注，如《长沙马王堆帛书》《居延汉简》及武威出土的铭旌等均有研究，这些风格迥异的出土文物，给陆维钊带来很大的启发。他试着变法篆隶，经过十多年的探索，创造了较为成熟的蜾扁体，这种书体，外形扁方似隶，结体笔势似篆，独树一帜，得到沙孟海等书家的肯定。陆维钊也喜欢绘画，他对黄公望的《富春山居图》心追手摩，曾多次临摹此图，抄录题跋，并写上自己的题记，直到暮年，病床边，还经常放着黄公望的书刊以方便翻阅。

七

"文革"开始后，年已七十的陆维钊被宣布为专政对象，进"牛棚"，经常被拉出去批斗，精神备受折磨。其时，妻子李怀恭远在上海工作，也受到牵连，接受劳动改造，春节也不能回家。1971 年暑假，全校师生下乡参加抢手抢种劳动。陆维钊被分配到桐庐县梅蓉大队，白天顶着烈日插秧，晚上参加学习。不久，传来浙江美术学院院长潘天寿被折磨致死的噩耗，陆维钊悲痛不已，后来为其书写了墓碑。

"文革"结束后，陆维钊重返讲台，并招收了研究生，这是中国书法史上第一批研究生。

1979 年年底，重修潘天寿墓，因为重修的墓要大，潘的家人找到陆维钊希望他重书墓碑，那时陆维钊正在生病，但他不顾自己病体，认认真真地写起来，这竟成了他的绝笔。陆维钊晚上临终前，还把五位研究生的工作托付给了沙孟海，于 1980 年 1 月 30 日病逝，后葬于南山公墓。

陆维钊故居遗址

　　陆维钊一生，于文学、书法、绘画无所不精，晚年书法融篆、隶、草于一炉，是一位杰出的艺术家。1955 年 12 月，陆维钊书画院在其故乡浙江省平湖市落成，这是家乡人民对他的永久纪念。

2018 年 6 月

巴金祖籍拾遗
——巴金李家祠堂

一、建造李家祠堂的背景

据巴金（原名李尧棠）的曾祖父李璠撰《先府君行略》一文记载，李氏祖籍浙江嘉兴县，世居甪里街。从巴金高祖李文熙（号介庵）起入蜀，曾祖李璠、祖父李镛、父亲李道河，就在四川一地任职及生活。李文熙有三子李璇、李玑、李璠。李璇的二儿子名李忠清，字蓉洲，族人称蓉洲公，是巴金的二伯祖，李忠清有一子名李青城，是巴金的二伯父。

李文熙之长兄李寅熙，字宾日，号秋门，贡生，无子，后以李玑为嗣，著有《秋门草堂诗钞》四卷，李寅熙后来离乡北游，晚年多居京城，并且卒于北京。

李忠清于清同治年间在嘉兴塘汇建造李家祠堂，从巴金《塘汇李家祠堂》一文看，初建的祠堂并不大，进了门是天井，天井没有铺水泥，是泥地，走上石阶十余步是神龛，神龛中供着神主，外面嵌着玻璃，神龛前放着一张供桌。石阶两旁各有一排栏杆，上面有几扇窗户，靠右边墙壁走过去有一道小门，里面还有一间。祠内两旁墙壁嵌了两块石碑，碑文记述蓉洲公李忠清建祠堂的缘起。"文革"时祠堂被毁，石碑据称被造到了后建的房屋中去了，至于碑上写了些什么，没有人记得了。

有一个问题是，李忠清远在四川，为何还要想着到嘉兴建造家族祠堂？建祠堂为何是李忠清而不是李氏在嘉兴的后代？

带着这些问题，我来到嘉兴图书馆古籍部。在这之前，我已陪同巴金研究专家周立民到塘汇寻访过李家祠堂遗址，他的《巴金手册》也看了个大概，知道了一些巴金祖籍的简况，同时读过陆明（嘉兴市作协副主席）和《嘉兴市志》（史念主编）记录的有关巴金祖籍嘉兴的一类文章，知道清光绪的《嘉兴县志》对此事有记载。我想亲眼看看这些史料，眼见为实。我在查阅资料之前，先碰到了秀州书局范笑我兄，他非常认真地对我说，这方面的资料，已经没什么遗漏了，不要浪费时间了。他清楚地知道《嘉兴市志》编纂室在这方面所花的功夫，我也相信他说得没错，但有时我总是有些固执。在我查到李璠传后，我匆匆看一眼便忙着拍照，接着又去查其他了。原以为真的没什么，回到家细一看，才知道有些内容与我先前看到的不尽一致。

读过李璠和李忠清的传，我看到了一些事实，也猜测到建造祠堂的一些背景了。

据清光绪三十四年《嘉兴县志》记载，李璠，字鲁珍，号宗望，著有《醉墨山房仅存稿》，共分两册，包括文稿、诗稿、诗话、公牍四种，是宗望公李璠之子浣云公李镛在其父去世三十年后刻印的。李璠是个孝顺的儿子，"璠年十五丧父，奉母张居叙州（今宜宾），尝刲臂疗母疾"。又有才气文名，"寄籍应童子试，格于议，乃橐笔游于公卿间"。李璠最出色的当数军事方面的才能，咸丰年间，李璠叙州按察司经历，协助当时的南谿县令唐炯对抗农民起义军，才能显著，尤其在四川筠连一地，消灭瓦解了以何金龙为首的义军，"权筠连县，地当要冲，新罹兵燹，抚集训谏民气以伸土寇，何金龙啸聚千人应滇贼，立捕诛之，散其党"，其后擢署四川南谿、兴文邑令，最后卒于定远县任。

李忠清的经历也与义军有关，清军与在四川的李永福在几个城市展开激战，"长宁、筠连、高县俱陷，独庆符获全，全忠清之力也"。于是"民为建生祠"。

巴金

但他的功绩还在后头，夔州守唐炯督军战义军，"恃忠清为前敌，以舟师破石达开于涪州，又败别贼于綦江，积功擢任打箭炉同知，所至兴利除弊，才望一时称最焉"。李忠清功勋卓著，在活着的时候就有人为他建祠堂了，于是他想到为家族建造祠堂完全在情理中，而他的祖籍在嘉兴，这样便有了塘汇的李家祠堂。那是一个大家族的象征，象征了身份、地位和荣耀。

这是一个事实，李璠和李忠清都是在围剿农民起义军之后擢升的，由此奠定了一个大家族的经济基础，巴金祖父李镛后来才有钱收藏字画，生活又很奢侈，所有这些，给了巴金什么样的影响呢？巴金从小生活在这个富裕的家族，但是祖父辈奢侈的生活让他生厌，下人悲苦的生活则激发起他的同情心，所以青年时期他和三哥就走出了这个大家庭。巴金对于这个大家庭的感情是相当复杂的，他说离开旧家庭像是甩掉一个可怕的阴影，但在晚年，一再流露出对幼年时期的美好回忆，毕竟那是他过去的家。他同情弱者，是个悲天悯人的人道主义者，他崇尚正义，敢于挑战黑暗，但是旧家庭，他又有太多的记忆，母亲、杨嫂、大哥……因为这些，他的回忆里充满了温馨。我想，这才是真实的巴金，灵魂高尚而温情。

二、忧伤、质朴的诗人

我曾读到介绍李寅熙的文章，说他是一位风雅的诗人，我对此很感兴趣，很想知道他的诗如何风雅，但清光绪《嘉兴府志》《嘉兴县志》对他的《秋门草堂诗钞》仅存目，这多少让人失望。范笑我给我提供了一个线索，《秋门草堂诗钞》广东中山图书馆有藏本，这未免太远了点吧。我只能从清诗入手，《诗总集·诗别集草目》介绍了好多诗集，那里也有个叫李璠的诗人，却是明代嘉兴李日华的女儿。茫茫书海，真是太难找了，何况也未必有。在我快要放弃的时候，也在图书馆查阅资料、对嘉兴乡邦文化颇有研究的尤裕森先生给了我帮助，他给我列出了四套书，我在他列出的《续檇李诗系》中看到了李寅熙的诗和别人对李的评价，我这才知道，李寅熙并不像别人说的那样风雅，他实际上很受处境的困扰，是一个忧伤的诗人，好在其诗比较质朴，还是令我有些喜欢的。

李寅熙著的《秋门草堂诗钞》，共《小盘谷焚余集》《安雅居萍泛集》《意舫劳歌集》《品药山馆呻吟集》四卷，嘉庆十九年由其四弟文熙付梓，吴锡麒、查莹、张问陶作序，郭麟等若干人题诗。

李寅熙与秀水汪如洋、王复为诗友，"两君亦雅重其人"。郭麟《灵芬馆诗话》，称其"享年不永，故所作未遑深密，然清疏隽上之气，自不可磨灭"，又谓其"秋试京兆，屡困有司，侘傺以卒"，故其诗未能成家，存集自记生平而已。

我在《续槜李诗系》中读到李寅熙的三首诗，其中有一首是写给好友汪如洋的，诗名《感旧寄云壑》，云壑即汪如洋。诗是这样写的："云龙角逐记当年，车笠而今转自怜，壮岁浑如春易老，可人真是月难圆。读书得力差安命，止酒无功又破禅，万里论心同咫尺，病怀骎骎向君传。"读书得力差安命，所以到最后他还只是一个贡生。

另一首《九日阅试录作》也差不多写这种境况的，心情却已解脱："落解心情冷似灰，廿年南北病颜摧，而今得失无关我，也看题名录一回。"

曹种梅评其诗："笔朗润清华，俗尘不染，以旅食都门自伤不遇，穷愁之作，令人诵之辄唤奈何。"李寅熙的另一首《薹心菜》也提到自己旅食都门久，后来自己种菜卖菜醃菜，有几句读来清新怡人："春田故乡梦，野景纷可观。酥雨融冻畦，翠甲迸松土。连朝忽掀秀，晓起忙老圃。花稀糁曲尘，苔短折钗股……"

看来诗人是过起了隐居生活了，这未免不是好事呢，清代的舞台上少了一位士大夫，嘉兴的历史上则多了一位诗人。

三、寻找李家遗踪

嘉兴塘汇的李家祠堂，原址在今塘汇镇塘西街，现居民住宅133、135号，望背面的某个墙角，李家祠堂旧影依稀。到此寻踪者不断，史念主编的《嘉兴市志》和范笑我的《秀州书局简讯》都有记载此事的。

1923年巴金和三哥李尧林离开成都，来到上海。巴金和三哥约在1923年6月3日前后第一次来嘉兴，在嘉兴南门的四伯祖李熙平家（西米棚下15号，1999年春拆除）住了两天，和在上海新申报社做事的族叔李玉书一起在四伯祖的指点下来到祠堂祭祖，看到祠堂破旧不堪，便写信给四川的二伯和二叔，告知祠堂现状，随后由二伯李青城出资八十大洋，委托嘉兴族人修复祠堂。1924年1月13日巴金和三哥第二次来到塘汇，祠堂已修复，祠中供李氏列祖及李忠清等神主。祠堂修复后，看守祠堂的族人名斐卿的，因嗜鸦片，把祠堂的大门当了，巴金兄弟将祠堂大门赎了回来，怕他再拿去当，让隔壁棺材店的一个木匠用铁钉铁圈把门钉了起来，也因为这个缘故，供桌是用砖砌成的。

这一次，他们在四伯祖家住了十天，经常带堂妹德娴去附近的槐树头一带玩。1月23日返回上海去南京，后入东南大学附中补习班求学。1924年，巴金在南京写成《嘉兴杂忆》，分《塘汇李家祠堂》《夜雨中之火车站——火车中》(残稿)。

1991年2月9日，巴金向嘉兴市志编纂室提供了李氏世系资料，并在《塘汇李家祠堂》复印稿上作了个别字句的修订，《塘汇李家祠堂》发表于1991年2月23日《嘉兴日报》。

嘉兴市志编纂室用近三年的时间，研究巴金的祖籍世系和他与嘉兴的关系，1997年12月出版的《嘉兴市志》在"杂记丛谈"刊印了《巴金祖籍嘉兴》一文。

1999年9月，许岩摄影、陆明撰文的《嘉兴影踪》出版，其中有《巴金与嘉兴》一文和原西米棚下15号照片一帧。

2002年8月6日，史念、曾任嘉兴市长的杜云昌和摄影家黄才祥去塘汇寻访巴金李家祠堂。

2002年9月9日，李氏后人李斧来嘉兴图书馆查找有关其祖上的资料，查阅了清光绪《嘉兴县志》。

2002年9月28日，巴金的女儿李小林、弟弟李济生、侄子李致从上海来嘉兴寻根。

2003年4月11日，作家李辉从上海来嘉兴，下午与黄才祥、吴香洲、陆乐、刘云舟、范笑我一起去塘汇寻访李家祠堂遗址。

2004年11月6日，巴金研究专家周立民从上海来嘉善，随后由子仪陪同前往塘汇寻访李家祠堂遗址。

2004年12月9日，李斧、周立民从上海来嘉兴，范笑我、薛家煜和他们一起看了甪里街上的仰甘亭，眺望了对面的鳗鲡桥。甪里街民丰会堂对面的大榆树下的仰甘亭，旁边的碑上写着：文学家巴金，原名李尧棠，字芾甘，生于四川成都，祖籍浙江嘉兴。

……

当然，这份记录是不全的，必定还有不少遗漏，在将来，也一定还有这样的寻踪者。寻踪为哪般？留下历史，还原历史，兴许今人或者后人能从中借鉴一点什么。

四、今天我们能够做些什么

巴金一生有三个重要的地方，成都是他的出生地，上海是他长年工作和生活的地方，嘉兴则是他的祖籍地。成都巴金的家乡建有巴金文学院，上海于2003年成立了巴金文学研究会，作为巴金祖籍地的嘉兴人也应该做点长久的实事，不只为利益的原因。

在本文初稿完成后，我有幸结识了李斧。在和李斧兄的多次交流中，我看到了他赞成什么，反对什么。他反对嘉兴人设想的重修李家祠堂的计划，但他赞成修建中国祠堂民俗文化博物馆，认为祠堂是传统民俗文化的一部分，确实有研究和博物价值。并且他说，如果真要是能这样做，他倒是有珍贵家族祠堂资料可以贡献。

在嘉兴修建中国祠堂民俗文化博物馆，也许很多嘉兴人没有这样的自信，因为嘉兴没有大规模的祠堂建筑。但在清代，嘉兴一地的祠堂也有不少，单就嘉善县来说，据清光绪《嘉善县志》记载：县内共有祠堂五十一座，其中二十座以名宦专祠，三十一座是世族祠堂。专祠中有惠民乡的陆宣公祠，为祭唐朝贤相陆贽而建，有祭田二百亩，新中国成立前每年清明节，由陆氏家族主祭。陆贽秉性贞刚，严于律己，甚得朝廷倚重，号称"内相"，名列古代十大名相之一，苏轼认为他文辩智术超过汉代的张良。魏塘镇的忠孝祠是纪念一代明臣魏大中及其子魏学洢，其家一门忠烈，却惨遭宦官魏忠贤的迫害，后魏大中被追谥为忠节，魏学洢亦被下诏旌表为孝子，魏学洢还留下著名的《核舟记》。西塘镇现在还有个名叫"四贤祠"的地方，当时就是为祭祀在历史上有功于当地的四位贤人明知府杨继宗、参政喻良，清巡按庞尚鹏、邑侯莫大勋。在我们当地，不是搞文史的人，现在还能够说出陆贽、魏大中这些古代赫赫有名的贤臣已经不多了，知道巴金祖籍地在嘉兴更少，这样说来，祠堂博物馆的建立，其意义也就深远了，祠堂博物馆可以部分地承担起宣传历史名人、传播祠堂文化的作用。嘉兴一地，可以借某一个名人家族祠堂为背景，并且可以将祠堂文化与江南宗教文化、建筑文化、瓦当文化、茶

李家祠堂旧影依稀

文化、酒文化等有机结合起来，开辟一个祠堂文化的新天地，再者，中国大地上，名人祠堂始终是我们视眼中的一个关注点，如成都的武侯祠、福州的林则徐祠堂、海口的苏公祠等，把名人祠堂做一个总结，不是很有意义的事？名人祠堂和祠堂文化自然是祠堂博物馆的一个重要内容了，嘉兴的祠堂博物馆立足嘉兴的名人祠堂，且完全可以辐射到全国，如果嘉兴人真有勇气这样做了，那么将是嘉兴人的福气了。

嘉兴，自古是个文化名城，在文化老人巴金的心中，一定期待嘉兴人在文化上有更大的成绩。

天涯归客陈学昭
——陈学昭故居

意外发现

从我知道有陈学昭这个人到寻访她的故居，只在两天的时间里。真是孤陋寡闻，我以前竟没听说过她。2005 年 5 月 3 日的这天中午，为了想参观米谷画廊，我和信尔在隔壁的海宁图书馆等开门，在三楼的阅览室，我胡乱地看着书，却意外地看到很多陈学昭的散文集和小说，还有陈亚男写母亲陈学昭的影记。我随便翻了翻，脑子里只是一个模糊的印象，但我知道了她的老家在盐官，而我们此行，其中的一个站点就是盐官。

在绵长的夜色下的海塘上听过潮，次日又参观了王国维故居，还看过陈阁老宅郑晓沧故居之后，我们在盐官的风情街上闲逛。偶尔踏进一个画室，都是些景物的写生画，在那张画家自己画的盐官地图上，我的注意力被吸引住了，我看到了陈学昭故居的方位所在，其位置在盐官镇的北门外的东面。然后我们被画家引到另一幅画前，那就是画家笔下的陈学昭故居速写。

这是一幅钢笔写生画，故居很简陋，唯见四面的围墙，门前草木却很茂盛。画家解释，这是他几年前的作品，后来没有再去过，应该再画一幅，因为他的画风已变。说着他让我比较前后画风的不同，但我喜欢他早年的画风，我看到，故居画得虽简陋，笔墨上不比后来画得细腻，神韵却留下来了，这是最重要的。因为画家不能同意我们拍照，我便让信尔依葫芦画瓢把故居画下来。从这次寻访起，十二岁的信尔做了我的小助手，拿包、拍照、录音等，凡我不想做的都让他来做，为了这个小助手的"头衔"，他居然也心甘情愿。

然后我们就去寻找了。我原以为有北门这个标志找起来总该容易的，但是北门早没有了，而且事实上故居在旧北门外几里路远的地方。好在三轮车夫非常热心，在旧北门的那个地方滞留，然后一路行一路找人打听，一直过了平安桥，再往东过了一阵，最后总算找到了那个名叫陈家埭的地方。

迎接我们的是此起彼伏的狗叫声，那声音震天地响，嘹亮在乡野的上空。放眼望去，一点没错，就像画上的那样，灰白的故居掩藏在陌野的绿意中。我们从院墙前门走过，沿着西面的山墙走。刚下过雨，泥地非常湿润，草叶上还滚动着水珠，分外得绿。偶尔从塌了一半的围墙望去，里面杂乱地堆放一些稻草，空着的地面上青草郁郁。北面台门也在，但也仅这些了，故居简陋得只剩下四面的墙圈了。和简陋的故居形成鲜明对比的是，房屋南北两面的田地里，葡萄幼树成排成排地生长着，叶儿绿得有些刺眼。我重又把目光投向老宅，没有见过比这更破旧不堪的故居，摇摇欲坠。沧桑故居，我心里涌动的只有这么一个词。

老屋建于清代，原有三进，厅堂内有清代嘉道年间著名金石家吴式芬所题"诒穀堂"匾额，在陈阁老宅的一个展厅，我刚刚看过题有这个匾额的老照片和故居旧貌。1906年陈学昭出生在这里，并度过她的童年和少年。她读过私塾后，九岁到当时的海宁县城盐官镇上高小，每天从北门经过。五四运动爆发后，她们女同学组织起来，上街宣传抵制日货，各界纷纷响应，商店接着罢市。反动政府为了威胁起来抗议的老百姓，镇压学生运动，有一天把一个犯人杀了，挂在城门上示众，陈学昭还是每天从北门经过两次，并不害怕，表现了她过人的胆识。

性格与心灵

走过陈学昭故居，看过她的传记，给我印象最深的便是盐官的北门了。我总是不懂，一个十一二岁的小女孩，怎么会有如此的胆量面对城门上一颗悬着的头颅？

陈学昭的祖父是清朝硖石镇一家丝行技术职员，喜欢昆曲、绘画、藏书，父亲具有民主思想，反对清朝封建统治，反对女子缠足穿耳，主张女子读书，民国后曾任县立第一小学校长，他的书法不错，常靠给人写对联来补贴生活，有五个子女，陈学昭是家里最年幼的一个。

陈学昭六岁那年父亲去世，兄长遵遗嘱供她读书，但对她的管教非常严厉。童年，兄长们对她看书有很多戒律，只准看《资治通鉴》《昭明文选》等，不许看《红楼梦》《水浒》《西厢记》等，但她在母亲的帮助下都偷偷地看了。她幼小的心灵已经懂得暗暗地反抗了。兄长们成家后，在嫂嫂的挑唆下，对她从严变得凶了。三哥特别厉害，有一次，看见她吃饭时旁边放着一本书，就拿起碗朝她头上砸去，有时罚她跪一炷香、两炷香，有时饿她。陈学昭不讨饶，宁愿跪，她倔强的性格渐渐养成了。十七岁时，有一次陈学昭在气愤之下，拿起手边的算盘回掷，从此兄长们才不再打骂她。

海宁　陈学昭故居　子仪绘　2017年11月

除了母亲，家庭并没有给她太多的温暖，陈学昭自小是弱小的、孤单的，她的心灵渴望知识、渴望独立、渴望自由、渴望尘世的关爱。高小毕业后，她先后辗转南通女师、上海爱国女学求学，又到戴东原的家乡安徽省立第四女子师范及绍兴县立女子师范、北京适存中学、黎明中学教书。为求知，为独立生活，终于，她依靠散文集《烟霞伴侣》和《寸草心》的版税及朋友的帮助，于1927年赴法留学。

事业与生活

陈学昭原名陈淑英，1923年冬天，应上海《时报》征文，以"陈学昭"的笔名写了处女作《我所希望的新女性》，文章发表并获了二等奖。她是因为喜欢《昭明文选》才改了这个名的，自此认识了《时报》主笔戈公振先生，也开始了她漫长的文学生涯。1924年，在好友张琴秋、沈泽民伉俪的寓所，她写了第一本散文集《倦旅》。

陈学昭开始在《妇女杂志》《语丝》《京报》副刊等刊物上发表散文和诗，因为投稿，她又认识了周建人、章锡琛、茅盾、瞿秋白、鲁迅等，文坛前辈给了她长者的关怀和扶持，瞿秋白还赠给她《李太白集》。她是幸运的，和这么多文化名人交往，并得以不断地学习和提高。

我在《新月》月刊的创刊号上看到新月书店为散文集《寸草心》所作的广告："我们读过《倦旅》读过《烟霞伴侣》的人，没有不知道陈学昭女士思想之清淡与文学之委婉的。春苔先生为她画像，并题《烟霞伴侣》，用'清心长有尽，幽事更无涯'之句。"春苔是作家孙福熙的字，《寸草心》由孙福熙画的封面。"清心长有尽，幽事更无涯"实在是好句。

到法国后，因经济困难，戈公振介绍她任天津《大公报》驻欧特派记者。为了能通过国民党反动派的检查，她用"野渠"或"式微"署名，提笔写文章也常用男子的笔调和口气，慢慢地习惯了这种笔调，一拿起笔就忘了自己是个女人。这样一个特殊的环境，造就了她与众不同的个性。

旅法的日子里，她也为《生活》周刊撰稿，同时埋头读书，大量阅读名家剧本和诗歌，但丁、莫里哀、歌德等人的作品都为她所喜爱，拉马丁的《湖上吟》更使她沉迷其中，寄予无尽的遐想。

美妙的文章总会引发人们漫天的遐思，陈学昭的散文淡雅清丽，不事雕饰，她写她的母亲，感情真挚而澎湃，她在出国一年后短暂回国的那段时间里，写了散文集《忆巴黎》，"像那迷漫在天空中的淡白的薄云似的温情呵，好似那随着我来了的萧然的风吹遍了这寥寂而又烦扰的人间！温情啊，跟着我一起来了！伊悄然叩着一般无情与有情人的心之门，在阒寂之中，我听出了伊们的应声，那如歌如泣如怨如诉的轻微的应声。"读来不觉悄然心动。

和婉丽的散文笔调不同的是，她的生活很不美。因为错把怜悯当爱情，她嫁了一个并不爱的人。这正是一个女人一生最大的悲哀。女人当她还是女孩的时候，常常因为单纯因为幼稚因为简单而走了不该走的路。自幼不曾得到过很多温暖的她，年轻的心又一次蒙尘了。

陈学昭晚年写的第一部回忆录《天涯归客》，我从朋友威剑兄处借了来看，零零碎碎、断断续续读过几遍，每每读到这里，总是停顿下来，心里很希望这段历史并没有存在过，很希望她能在她的两个好友季志仁和蔡柏龄之间选择一个，很希望法国的浪漫带给她一点心的温暖和幸福。但是我很失望，我没有看到那个理想的结果。

季志仁是她在上海爱国女学的同学季湘月的哥哥，相识得早，又都单纯，陈学昭把他当作了比自己的亲哥哥还要亲的哥哥，因为太亲近了，也就随便，因为亲近而随便，这份感情总是隐隐约约的，隐隐约约中有些期待有些守望有些甜蜜，最后却很遗憾地擦肩而过。

蔡柏龄是季志仁的好友，蔡元培的儿子，他们相识于法国。三个人

陈学昭在巴黎

常在一起，有一段时间，蔡柏龄给陈学昭补法文，陈学昭给蔡柏龄补中文，在彼此互相学习交流中，有了更多的了解。有一年过年，是在季志仁的租房内过的。他们三个人合买了一只鸡，买了几尾鱼，一些牛肉，还有花菜。鱼是季志仁煎的，花菜汤和饭是蔡柏龄做的。在蔡柏龄做饭的时候，陈学昭弹起了《长夏发玫瑰》的钢琴曲。这晚，三个不喝酒的人全都喝了一点葡萄酒。他们像是回到了祖国，吃年夜饭：大米饭、清炖鸡、红烧牛肉、花菜汤，再煎法国的阔鲫鱼。吃过年夜饭，三个人围着桌子谈小说、讲故事、说自己的祖国。末了，季志仁把自己的床铺让给陈学昭睡，他和蔡柏龄就睡在放钢琴的小间地板上。这是陈学昭在国外过得最愉快的年。三个人友好地相处着，并且为了事业和学业各自忙碌着。忙碌的生活中，陈学昭忽视了自己的感情，这让后来的她追悔不已。

因为受文坛长者和革命前辈的影响，抗战爆发后，陈学昭两次来到延安，投身革命，受到周恩来、李富春等首长的关怀。她在延安各处采访，参加了延安文艺座谈会，写了报告文学《延安访问记》，也因为周恩来的一再鼓励，她完成了长篇小说《工作着是美丽的》。这部小说表现了我国知识分子走向革命的艰难历程，此书出版时由茅盾题写书名。1953年，中华人民共和国妇女代表团赴苏联参观，代表团带着《工作着是美丽的》一书，作为礼品赠送给苏联妇女界。

陈学昭后半生经历坎坷："反右"期间被错划成"右派"，"文革"期间被当作叛徒特务惨遭迫害，记录在她的另一册回忆录《浮沉杂忆》里，此书后来有了英文版。

告别故居

在我们看过陈学昭的故居准备回去时，除了狗叫声依然震天地响个不停，我们的身边已围满了很多人，男男女女。他们好奇地问：你是她什么人？

我是她什么人呢？这个问题好难回答。当我走在丰子恺故居、徐志摩故居、王国维故居，一旦我想做些深入的了解时，就听到有人问我，你崇拜他吧？我想我是喜欢，但够不上崇拜。要说崇拜吧，我只崇拜苏东坡，所以这个时候我总是摇头。但他们还是一致肯定地否定我，你一定是崇拜。

这一次，我不知道说什么好了，我和她什么关系也没有，但他们一定不会相信，既然什么关系也没有，我何以会无端跑到这里来呢。我问他们，陈学昭有儿子吗？因为"亚男"这个名字很像男人的名字，但是他们告诉我，她只有一个女儿，我心里哑然失笑，是女儿才叫亚男呢。（后来我也知道，陈学昭是有过儿子的，只是过早地夭折了。）接着他们还告诉我，为了保护房屋的木构架，盐官文保所已将木构架拆除保存了。这个消息多少让人欣慰——总比什么也没有好一些吧，又也许有那么一天，沧桑故居会迎来它新的历史。

真的要走了。我们上了三轮车，他们还不忘大声关照我，等故居恢复之后，你再来这里看看吧。我说，一定的，我一定还会再来。

已经没有来时的急切了。路两旁的绿树一点点向身后退去，平安桥也隐在树丛中了，北门就在眼前了。我有些恍恍然，何时还会再来？

2005 年 6 月，初稿

2007 年 10 月，修改

魂系南北湖
——黄源藏书楼

南北湖

　　嘉禾一地，自然风光最迷人的，我想一定得把这个桂冠送给海盐境内的南北湖，这是个风景如画的好去处。有山有水的地方，就能吸引各种各样的人，仁者乐山，智者乐水，所以仁者喜欢来，智者也喜欢来，不管什么人，南北湖都大气地接纳了。

　　南北湖的美在于南北两个相邻的湖，一堤之隔，把湖分开了。在我看来，北湖是有着聊斋风味的，这么说我是有理由的，那里有一个小小的岛，名白鹭洲，这名称就让人浮想联翩了，这白鹭是真白鹭还是美女化的呀，白鹭洲的晚上是不是美狐出入之处呢，总之有好多聊斋式的疑问，引领着你去寻找，去感受，去体味。我不是从聊斋中来，但每个人面对聊斋式的传说，尽管有些惶恐，又都有些喜爱。想去感受，又怕在感受中迷失自我，失去本我。那种又喜又怕的心思，是不进入聊斋的人难于体会的。此时，如果当你知道，明清之际，名士冒辟疆偕董小宛来此避乱，北湖之畔传说有董小宛葬花处，你的怜爱是不是又多了一层？心情是不是又复杂了一层？人与狐与湖，尽归于风花雪月。

我早两次到南北湖，白鹭洲是远远地隐在北湖中的，这种神秘感并没有随便着年龄的增长而消失，可去年再去时，一条曲折的水榭把游人引向曾经神秘的白鹭洲，聊斋式的白鹭洲终于在我心里消失了。一个小岛而已。

至于南之湖，也曾是带着迷离风光的。民国年间，上海明星影业公司在此拍摄电影《盐潮》，编剧是阿英，主演是胡蝶，如今的南湖，就有小岛名胡蝶，以纪念这位电影皇后。

南北湖，除了湖，当然还有山，除了山，还有海，集山、海、湖于一体，这样景观并不多见。我们登山至鹰窠顶，就能将山海湖尽收眼底。据旧志载，到了农历十月初一凌晨，在山巅可看到日月同时从海天尽头冉冉升起的奇景，这一奇观被黄宗羲命名为"日月并升"，并成为东南一绝。

云岫庵就位于鹰窠顶的山腰，清明节当地有"踏青登云岫"的习俗，常有上万人登山游览。我想象着，若是身在其中，草木繁华，人心也繁华了——感受到的不只是一颗心，是无数颗跳跃的心。

绕着南北湖走，再回到北湖之北，有一处文化名人区。那里有金九避难的载青别墅，有陈从周艺术馆，这两者中间，还有一幢别致新颖的建筑，是黄源藏书楼。这缘于黄源 1996 年向家乡海盐赠书近万册，于是家乡人民在南北湖建起了黄源藏书楼，两年后竣工。藏书楼建筑面积 560 平方米，分左、右两楼，左为创作楼，右为藏书楼，中间有曲折走廊相通，整个建筑具有明清建筑特色。黄源是怎样一个人呢？为何在南北湖有他的藏书楼？不妨让我们的目光跟随他走一程如何。

武原古镇

黄源，名启元，字河清，1906 年出生于海盐县武原镇。

武原镇是一个历史文化古镇，历史上有海盐三迁的说法，这是指海盐历史上三次大的迁移。

最早，海盐县城在现在的金山卫附近，属古代华亭乡的柘林。秦汉时发了大水，渤海湾、东海相继发生海侵，海盐县淹到海里去了，县治陷为柘湖，柘湖今已不存。这样海盐搬家了，搬到现在的平湖这个地方，名武原镇。到了东汉时期，水又淹过来了，平湖大部分土地都变成湖了，据《后汉书》记载，海盐县治陷为当湖。当湖现在还在平湖县城。这样，海盐县第二次迁移，这次迁到了乍浦的故邑山下。

过了一两百年，水漫金山重演，海盐县城第三次大搬家，这次迁到了现在的海盐县马嗥城，时在东晋年间，大约唐时又迁到现在的武原镇。要算迁移的话，共有四次，不过最后一次距离不远，才三十里路，是小的迁移。

海盐南迁的时候，把原来在平湖县城的武原镇这个名字，也带过来了，变成海盐的武原镇，地方是新的，名字还是老名字。海盐县城如此复杂，如果不认真盘点一番，还真不太弄得明白。

人们不禁要问，为何现在武原镇这个地方能够待得住？因为钱塘江水往外冲，和长江潮碰上，东海正面挡不住，但是下面挡得住，所以在这里地方稳定下来了，这个地方就淹不了。

东晋干宝作《搜神记》，里面有大水淹海盐的故事，就是那个时代的烙印。《搜神记》讲一个老太太，天天来看海盐县城，守城门的问，你来看什么，她说我来看看动静，问看什么动静，老太太说城门上画的野兽，看看它动了吗？看城门的走掉了，老太太就跑到野兽上边，点了眼睛，结果野兽活了，野兽一活，大水来了，把这个地方全部淹没了。也许野兽象征着灾难吧，野兽一活，洪水就来了。

一个古镇，不断地遭受灾难，不断地迁徙着，黄源就出生在这样一个有着迁徙历史的古镇。似乎是为了契合生养他的古镇的历史，黄源的一生也在走南闯北中度过。

春晖中学

嘉兴教会学校秀州中学是黄源接触西方文化之始，他在那里打好的英语基础，为日后协助鲁迅编辑《译文》月刊和"译文丛书"创造了条件。不过，两年后他就离开秀州中学，到了上海，因为一个亲戚的关系，他住到了国民党元老于右任家，这是他与名人交往之始。之后，他到南京东南大学附中读书，在南京，他认识了徐志摩，见到了泰戈尔，聆听章太炎演讲。

1924 年夏，黄源转到浙江上虞白马湖的春晖中学就读。

黄源到春晖中学的起因是看到了该校的校刊，教师中有文学家夏丏尊、艺术家丰子恺等，于是他从南京到上海转宁波，暑假连海盐老家都不回，直奔春晖中学来了——读到这些，我是有些动心的，不免羡慕起那个时代来，喜欢哪个学校就上哪儿读书，自由的空气是这样美好，又是这样地吸引人。不仅学生，教师也这样，校长可以自由聘请教师，不受行政控制，同气相投者就会汇聚到一起，于是安静的、淡定的白马湖迎来了大批名家，正是这些散文家艺术家教育家，成就白马湖的声名远播。

黄源到春晖中学，事前也没有联系，他到了学校，把行李放下后，问明了夏丏尊的住处，沿着白马湖边的小路，径直来到夏丏尊先生的"平屋"。六十年之后，黄源回忆往事，记下当时这一幕场景：

夏先生不嫌我莽撞，亲切地接见了我，问明了情由，他说："转学不成问题，交一篇作文看看。现在离开学还早，你先在学校住下，看看书，讲堂大楼前有游泳池，有伴游游水。不要有顾虑，可随意来坐坐谈谈。丰子恺先生就住我隔壁。"（黄源《纪念夏师丏尊》，《黄源文集》，上海文艺出版社 2005 年 5 月版）

夏师的一番春风雨露般的话语，令迷惘中的青年顿时有了依托，从此，夏丏尊的"平屋"和丰子恺的"小杨柳屋"，是他经常逗留的地方，呼吸在自由的、艺术的空气中，黄源由此受到了深深的影响。

黄源回忆，夏丏尊的书房，除线装书外，有很多日本作家的小说和欧美各国小说的日译本，黄源对外国小说有着极大的兴趣，国木田独步、山田花袋、芥川龙之介等名家的一册册原著，成了他最大的精神食粮。丰子恺的居室挂满了他的漫画，还挂着他的小提琴，但对黄源最有吸引力的还是英美名家的日译本，如哈提的短篇选集、吉辛的《四季随笔》等。什么样的土壤培植什么样的人才，我想应该是这样的，黄源扎根于这样的文学土壤，他对文学的兴致更浓了。

黄源在春晖中学的老师，教国文的是朱自清，朱光潜就住在朱自清隔壁，匡互生是数学教师兼训育主任，在思想上，黄源受匡互生影响最大。

来到白马湖畔的黄源是幸运的，那正是春晖中学名师荟萃的时候：校长经亨颐是著名的教育家，夏丏尊、匡互生、丰子恺、刘薰宇、朱自清、朱光潜、刘延陵等作家、艺术家和教育家，一起在白马湖共事，同时又由于他们的关系，弘一大师、俞平伯、叶圣陶、刘大白等与白马湖结下很深的渊源，他们共同形成了白马湖作家群。白马湖作家群造就了春晖的辉煌和那一段历史的绝响。

但是黄源在春晖中学的时间仅半年。因"毡帽事件"使得大批名师纷纷离校，黄源正是毡帽事件的导火线。一次，黄源戴上乌毡帽去上体操课，遭到体育教员的训斥，以致发生师生冲突，被当局开除。训育主任匡互生不满这种做法，在力争不果的情况下，愤然辞职，丰子恺、夏丏尊、朱光潜等一批名望的教师也跟着离校。不久，匡互生和夏丏尊在上海江湾创办了立达学园，离开春晖的群英，又纷纷汇集到了立达学园。立达，取《论语》"己欲达而达人，己欲立而立人"的意思，匡互生主张感化教育。

立达学园创立后，又成立了立达学会，夏丏尊主编会刊《一般》，同人有匡互生、叶圣陶、朱光潜、丰子恺、马宗融、夏衍、赵景深、白采、沈雁冰、郑振铎、胡愈之等，凡此种种氛围，营造了一个极为和谐、向上的环境。

黄源在家乡的一间小庙自学了半年之后，也前往立达，师生们又在一起了。

在鲁迅身边

人的一生，常常因为一些人或事的出现，他的命运随之发生了变化。和很多当时进步的文学青年一样，黄源的青春幸运地与鲁迅联系到了一起。在鲁迅身边，这样的青春必定有着惊心动魄的亮丽！

黄源第一次见到鲁迅是在 1927 年 10 月，那时鲁迅离开广州到上海定居，10 月 25 日，鲁迅应邀到上海劳动大学作《关于知识分子》的演讲，这是他到上海的第一次公开演讲，也是黄源第一次见到鲁迅。其时，黄源在江湾劳动大学编译馆工作，那天，黄源等三人一起作记录，演讲结束后，黄源把记录整理了出来，发表在当时的《劳动周报》上。三天后，鲁迅又到立达学园演讲《伟大的化石》，黄源再次作记录，这次演讲后，他们同在会客室吃茶点，黄源第一次听到鲁迅随意的谈笑。一个名家和默默无闻的年轻人之间的距离打破了，没有距离感的名家给黄源留下了很深的印象。

但黄源真正开始接近鲁迅，并出入他的门下，是从协办刊物《文学》和《译文》开始的。在鲁迅身边，黄源写就了一生中最为精彩的华章，并且在萧军、萧红来到上海后，彼此成了好朋友。那是一段令年轻黄源一生难忘的激情岁月，在鲁迅的领导下，从事着无限美好的事业，青春和梦想交织在一起，组成了一段炫丽的音符，黄源在迅速成长。

黄源（左）与萧军、萧红在一起

1933 年 7 月《文学》创刊。《文学》其实是以停刊了的《小说月报》成员——文学研究会为基干，并结合左联和其他进步作家，是一个全国性的进步的大型文学月刊，由郑振铎、茅盾主办，鲁迅积极支持。巴金、郁达夫、沈从文、老舍等经常的撰稿者，那时巴金在《文学》上的作品，也大都交给黄源处理。

这期间还发生了一件事。1933 年 7 月，左联作家、地下党员楼适夷策划，由上海几个公开的文学团体出面邀请美国黑人进步作家休士介绍他访问苏联的招待会，接着《文学》上刊登了一张会议照片，楼适夷在照片中出现了一个侧影，他马上就被捕了。狱中的他开始翻译高尔基的《在人间》，几年后译稿完成，转到鲁迅手中，鲁迅便把这情况跟黄源说了，当时黄源翻译的《在人间》正在《中学生》杂志上连载，于是他停了自己的译稿，接上楼适夷的译稿，帮楼适夷度过生活中最艰难的日子。从这件事可以看出，在鲁迅影响下的黄源胸襟同样宽广。

1934年9月《译文》创刊。《译文》是鲁迅、茅盾直接领导下的刊物，前三期由鲁迅一手编定，黄源帮忙校对。从第四期开始，鲁迅把编辑的任务交给了黄源，是完全放手，从定稿、编目，最后清样，既没有向鲁迅汇报，也没有请他过目，只是等到成品出来了，一拿到手，黄源这才给鲁迅送去。当然鲁迅仍不断地译稿，找插图。以后《译文》停刊又复刊，黄源和鲁迅的联系更紧密了。当时鲁迅身边活跃着一批文学青年，"这批青年中有胡风、聂绀弩、萧军、萧红、叶紫等左翼青年作家，有来自文化生活出版社的巴金和吴朗西，有帮助他编辑《译文》的黄源，有先编《自由谈》后编《中流》的黎烈文，有主持良友图书公司的文学出版的赵家璧，有编辑《作家》杂志的孟十还，等等"。"这批青年是当时上海文坛上最活跃的力量，又掌握着各种生机勃勃的现代传播媒体——刊物和出版社（所以当时鲁迅的声音可以在几家刊物上同时发出，足以振聋发聩），正能够发挥积极而健康的作用。"（陈思和：《从鲁迅到巴金：新文学精神的接力与传承——试论巴金在现代文学史上的意义》，载陈思和、李辉著：《巴金研究论稿》，复旦大学出版社2009年7月版。）这其中，黄源和巴金也成了好朋友，当他为了《译文》的事从鲁迅家出来之后，夜已经深了，但他还常常会再到巴金的住处，两个人继续叙谈，等到晚年他们写信时还在说起："当年你在北四川路公寓，我从鲁迅家出来，大半先到你处，告以鲁迅言谈。在敬佩鲁迅这点上，我们是完全一致的。"（1973 年 6 月 8 日黄源致巴金，《黄源文集》第六卷 3 页，上海文艺出版社 2009 年 1 月版。）以在鲁迅身边为荣，继承鲁迅的精神传统——共同的理想和信念，成就了他俩七十多年的友谊。鲁迅的影响是巨大的。

随军生活

1937 年 7 月 7 日，日本全面发动侵华战争，8 月 13 日，日本侵略者对上海发起大规模进攻。上海抗战的爆发，令复刊后的《译文》再次停刊。此时，黄源和萧军一起合编《鲁迅先生纪念集》，并撰写了后记，于 10 月 19 日鲁迅逝世一周年之际，由巴金主持的文化生活出版社出版。

因为父丧，黄源回到家乡海盐，原拟稍住即返沪，却因交通阻梗，留在了家乡。这时敌军在金山卫登陆，海盐也遭到了轰炸，县长却自顾跑了，不甘落后的还有抗敌后援会的负责人，他带了会里所有的款子，逃到上海去了。

黄源参加海盐的慰劳队到乍浦前线慰问抗战将士，同时作为海盐报社的特派记者报道战况。这一次父丧引发的偶然事件，让黄源走了与巴金完全不同的道路。一个文化人，于大敌当前，为了自己民族的大义，告别十年来熟悉的文化圈，告别十年来一起耕耘的文化友人，告别十年来从事的文化事业，他从军作战地记者去了。

他们乘了船，共十船数百人，由海盐向北出发。为了避免敌军的注意力，他们把船只一一分散。船行三里，到海盐西塘桥镇，又向北行进。当夜色四合之后，他们一次次地迷路，最后在农民的带领下，来到乍浦前线。

在乍浦，白天在飞机大炮的轰炸下，多半是在防空洞中度过的，深夜，从司令部采访战讯踏月而归，从极南的街道跑回自己极北的住处，街上静静的，有时会遇到一两只被遗弃的狗，心里一时会生出悲凉。

随军行走，过海盐时，家乡已成了一片空城。黄源从城西跑回东门近海的家中，一路上看到不少房屋被炸，街上少有几个士兵默默地行走，还遇到一群难民，男女老少多外地逃难而来，却不知道这里也遭难了！

黄源一家已转到乡间亲戚家，家里只剩下一个男仆，后厅亡父灵堂的孤灯发着幽幽的光。第二天，他到乡间亲戚家，好不容易找到船，接了家人，将母亲、妻小送到外地农村避难。此后，黄源转战全国各地，其间继续编辑报刊，有新四军的《抗战》杂志、《新华日报》《东南文化》等，1944年8月创办浙东鲁迅学院并任院长，1949年任华东大学文学院院长。虽处于长年的军旅生活，他仍保持了文人的本色。

葛岭岁月

杭州西湖的北面，宝石山和栖霞岭之间，有一处地方名葛岭。相传葛岭为晋代《抱朴子》作者葛洪炼丹著书之处，山上有抱朴道院、初阳台、抱朴庐、还丹古井等遗迹，初阳台是欣赏西湖美景的好地方。

历经了人生的辉煌和打击，年近七十的黄源回到了西湖之畔葛岭的家。

沿着里西湖，折上山路，斜坡上去，转个小弯，路边便看到山门，门额上是"葛岭"两字。拾阶而上，两旁古木参天，山路不陡，到一个砖砌的方亭子前，亭前一幢平屋，就是黄源的家。

客厅的四壁，有黄宾虹的山水、茅盾和周而复的条幅、舒同的对联等，书斋是另一番模样，二十多平方米的房间内，靠墙的四面，从底下到顶端，一排排的书顶天而立。书斋里，有鲁迅塑像，墙角还有雅致的盆花。晚年的黄源怡然地度了他并不空闲的山居生活。

黄源的葛岭岁月，留下了很多故事，我特别留意了他与家乡嘉兴的故事。

1955 年，他调到浙江任省委文教部副部长，兼任浙江省文化局局长，其中戏剧也是他关心的一个方面，为了越剧《五姑娘》，他从嘉善工商联调来业余作者顾锡东进省剧目组，由他写越剧剧本《五姑娘》，前后反复讨论多次，四易其稿，后又召开多次座谈会讨论，最后终于完成男女合演的越剧《五姑娘》，获得了极大成功。

吴洁敏、朱宏达的《朱生豪传》出版时，黄源在 1988 年 5 月 1 日为此书写了序文，此后他还几次倡议，在南湖之滨为朱生豪建立一尊塑像。

1995 年 6 月 1 日，张乐平作品的捐赠仪式在海盐举行，黄源当时住在医院，但他不顾医生的劝阻，抱病赶到海盐，参加捐赠仪式并讲了话。因为在张乐平生前，黄源曾与他相约，一定要出席这个仪式，黄源说到做到了。

王英就是在张乐平作品捐赠仪式认识黄源的，从此她不断得到黄源的提携和鼓励，并走上了文学创作和研究之路。当王英完成《三毛之父——平民画家张乐平》时，黄源身体并不好，但事先他答应了王英，要为此书写序，于是在医院里，黄源口授，王英记录，完成了这篇序文。

黄源是海盐张元济图书馆的发起人之一，1997 年 5 月张元济图书馆建馆十周年之际，家乡人到黄源家中请黄源题词，黄源当即题写了一句话："张元济先生是我国从维新到人民革命胜利的一代伟人。"他认为张元济为民请命，主张维新，追求民主进步，不只出版家这么简单，而应是伟人、革命家。

不只嘉兴人这么幸运，又如他发现赵松庭笛子吹得好，就把他从金华调到杭州，专业搞笛子音乐创作，便得赵松庭发挥了最大的长处，后来才有他"江南笛王"的美称。赵松庭的发展与黄源的提携分不开。

这样的故事还有好多，读来不觉让人怦然心动，身居高位者，不是谁都愿意这么做的。有些原本默默无闻者、有些即使有才华但走不出狭小天地的人，就是因为遇到像黄源这样的人，才幸运地改变了他的一生。

书生意气

黄源爱书，书伴随了黄源的一生。

黄源的夫人巴一熔这样回忆："他自幼爱书，从省下糖果钱买小人书、买连环画开始，直到在上海省下车费以步代车买书报杂志，跑四马路书店找书买书。到了日本以至到澳大利亚访问还是上书店、逛书摊寻书、买书。他行军时背包中有心爱的书，他挨批斗时衣包中藏着书，他下农村劳动时挑着一麻袋书，回来时变成了两麻袋书。他是许多书店的常客，他和很多书店、图书馆的售书、借书人是朋友，一有新书、好书他们会立即告诉他，为他订书、买书、寄书。他可以不理发、不买衣物但必须买书。他的家除床外，一室有半室为藏书园地，他单身时一床有半床是书，有时成立体包围式，上下左右都是书，他随手可取，圈圈点点、写写画画，他唯一的劳动是买书、搬书、晒书、上架。他一生爱书、读书，一生与书结缘，一生与书相伴，几乎到了痴迷的地步。"（巴一熔：《爱的源泉——我和黄源六十年》，《黄源纪念集》，中国福利会出版社 2006 年 4 月版。）

黄源女婿周赫雄也有对黄源爱书的记载："只要有书做伴，在再恶劣的环境中（例如被打成'右派'在乡下时，'文革'时关在'牛棚'中时）他都可以旁若无人地进入他的精神世界中。我也常因为书而结识他的许多朋友。他送朋友、子女的最好的礼物就是书，最愉快接受的礼物也是书。他受难时，从有限的自己支配的生活费中最大的支出就是买书的费用。每次出差回来总是箱子中放着出差时新买的书，而把干净的替换衣服放在网线袋中（当时还少有塑料袋，常用线编结的网袋装物，有很大的孔的，只能存物而不能挡雨水和灰沙），任凭风吹雨打，常弄脏了没穿过的衣物。"（周赫雄：《黄源和他的书友们》，《黄源纪念集》。）

如此之爱书，自然生出许多书的故事来。

1951 年 10 月，上海鲁迅纪念馆成立开放。为了丰富展览内容，1963 年 11 月，黄源将珍藏的鲁迅文稿《故事新编》捐赠给了上海鲁迅纪念馆。

一次叶飞将军来杭州，黄源去看他，带去一套 1946 年初版红色布面的《鲁迅全集》，叶飞非常高兴。

1966 年早春，傅雷偕夫人朱梅馥从上海到杭州黄源家中，在书房看见一排四十多册的《巴尔扎克全集》，这是傅雷早想买而买不到的书，他便借了去翻译，可半年之后，傅雷夫妇双双自杀。

1974 年周赫雄第一次去巴金家，替黄源给巴金送去日本作家增田涉的《鲁迅的印象》抄本。

"文革"结束后，巴金女婿祝鸿生陪《杭州文艺》主编董校昌来葛岭向黄源约稿，因为这个机缘，黄源开始了鲁迅研究，他写了一本本鲁迅研究著作，《鲁迅致黄源书信手迹及注释》《忆念鲁迅先生》《鲁迅书简追忆》《在鲁迅身边》等，他还接待了一位位不断来访的鲁迅研究者，孙用、陈漱渝、王锡荣、陈梦熊等。

……

1996 年，黄源向家乡海盐赠书近万册和鲁迅给黄源的三十八封书信等一批珍贵的历史资料、照片以及黄源手稿等。海盐县委、县政府对此十分重视，于 1997 年拨款筹建黄源藏书楼，1999 年落成开放，由叶飞题额。藏书楼底楼，展出黄源参加新四军和革命文化活动时的许多手迹、照片、实物、证件等，其中有与现代作家的许多照片，与巴金、萧军、萧红、丁玲、夏衍、冯雪峰、刘白羽、楼适夷、许钦文、陈学昭等人的合影，还展出黄源的手稿，丰富多彩。二楼，则展出了黄源捐赠给家乡的图书，其中最珍贵的一套图书是鲁迅赠给黄源的一套日文签名本，系俄国著名作家陀期妥耶夫斯基的全集，共十册，黄源珍藏了六十多年。还有一部珍贵藏书是 1946 年版最早发行的《毛泽东全集》，是战争年代黄源经常翻阅的。

黄源另有一部分资料捐给了上海鲁迅纪念馆"朝华文库——黄源专库",包括一千多册的书籍、文稿、照片和其他有意义的实物,共一千两百多件。最有意思的是两个近两米高的六层黑色书柜,是黄源在1935年买的,抗战爆发后,黄源离开上海到皖南新四军之际,将这两个装满书刊的书柜存到了巴金、吴朗西的文化生活出版社。抗战期间,他们的联系中断了,但在非常困难的情况,这两个书柜完好地保存着。这中间,就有鲁迅的文稿《故事新编》。上海解放后,老友重逢,巴金归还了这两个书柜和两书柜的书。现在这两个书柜,一个存于南北湖黄源藏书楼,一个存于上海鲁迅纪念馆黄源专库。

黄源藏书楼一楼展厅

生前，黄源和书结缘，身后，他还是和书保持了息息相关的联系，并且他的骨灰就安葬在藏书楼园内，墓碑上书："鲁迅学生清廉学子黄源"。

黄源含笑在南北湖。

2009 年 12 月 27 日初稿，时窗外大雪纷飞

2009 年 12 月 30 日修改，一个安静的清晨

钟声送尽流光
——钱君匋旧宅

一

我们到达桐乡县（今桐乡市）屠甸镇时，不曾听到寂昭寺的钟声。

寂昭寺在屠甸镇的东向，寺前有几棵高大的银杏树，寺西曲折的小巷、丰草没径的小路尽头有一幢古宅，那便是钱君匋旧宅。门前的不远处，石泾塘水潺潺地流着，非常安静，想来，1907年2月钱君匋刚出生时也该是这模样吧。

屠甸，古地名称"石泾"。传说唐宋年间，该地村民见有人形的浮石从这河中漂来，这个地方便有了"石人泾"的称呼，后来又简称"石泾"。

不一样的是寂昭寺。幼时的钱君匋，在每天早晨和傍晚，必定会听到从寂昭寺传来的悠扬的钟声。那钟声飘扬在湛蓝的天空，回响在古宅的上方，荡漾在小河的水面，钟声印在了幼年钱君匋的记忆里。

136

与钟声一起铭记在钱君匋记忆里的还是寂昭寺。那年钱君匋上小学，教室就设在寂昭寺的方丈室，在那里，他遇到了给他书法启蒙的钱作民老师，而前后两排教室之间的青砖矮墙，便成了钱君匋最早练字的地方。寂寞的青砖一定不曾想到，一不小心，它训练了一位日后的书家，不单是书家，他还是一位全才：篆刻家、画家、装帧艺术家、文物收藏家、诗人、音乐家、出版家，等等。

这是非常让人惊讶的，艺兼众美，岂是常人所能望其项背？我辈凡夫俗子，就算投入一种艺术，也未必有多少收获，而钱君匋，一个人就有那么多的成就，真是一个谜。

二

读钱君匋的书画印作品，我常常能感受到他倾注在作品中浓烈的情感。情感，是我们每个人共有的财富，而每个人对情感又都有不同的表达方式，作为艺术家的钱君匋，他选择他的作品为他抒怀。

某一个午夜时分我醒来，依稀能感觉到月光。极少在这样的时候清醒，一时且睡意全无，也许是要让我做点事吧。我便起，看钱君匋的画，看到的是他的《美人蕉》。一如他的很多写意作品，蕉叶泼墨而出，浓淡有致，枯湿置宜，墨彩丰富，最抢眼的是朱红的花，月色下仿佛轻歌曼舞的少女，艳丽之极。是月色醉人吗？再看画上的字：江南十月似三春，醉酒红蕉笑向人，舞罢风前犹玉立，我来拈笔写其真。红蕉笑得可爱，亭亭玉立的红蕉美丽动人，这是大自然的美，更是人间之美。唯有热爱生活的人，才有对大自然的真切投入，也才有大自然的真情回报，这便是天人合一的境界。钱君匋的《紫葡萄》《牵牛花》《芭蕉红梅图》等国画，无不以写意的手法墨色淋漓地再现了物现多姿多彩的面目，抒发了他对大自然的美好情感，引人共鸣。

1954年冬，祖籍浙江海宁的钱君匋客居京都，刻了《夜潮秋月相思》一印，此印七厘米见方，边款刻的又是长跋，共有五面，如汉碑的隶书有这样的句子：故里海宁观潮甲天下……今久客都中，每当月夕，不无夜潮秋月相思。

初次看到"夜潮秋月相思"的巨印，真是灿烂夺目，朱底之上是粗壮的白文线条，一见之下，有一种涌起的冲击感直逼心胸，一如月下起伏的潮水拍打着海塘。我也曾在八月十八看过壮观的一线潮，那排山倒海之势果真天下无，我也曾于夜色下的海塘上听过潮，未曾想到夜潮引人相思。是啊，一个客居京城的异乡人，如何不思念故乡？浓烈的相思奔放在心头，借助刀的力量而赋予其艺术的生命，感染了自己也感染了别人，而此时的我，也不免因此印引起对夜潮的怀念了。

诗，自然更能直截了当地表达作者的情感了，钱君匋有《怀故园》一诗："春去总难留，落红点点愁，故园双柳树，料应绿遮楼。"暮春时分，点点落红引来点点愁，想起故园，该是柳絮纷飞柳叶飘舞吧，此情此景，故园岂止在心里？身在此地，犹如置身故园里。又是相思。

三

钱君匋一生的艺术，最早是与书法结缘。寂昭寺的青砖不会忘记，每到寒暑假，钱君匋总会找来棕帚，蘸着清水在青砖上写大字。没有人督促他，全凭他自己的兴趣，从兴趣开始，继而需要的是持之以恒的毅力，钱君匋做到了。他从柳公权的《玄秘塔》开始，天天临池。进入上海艺术师范学校后，又临起《龙门二十品》中的《始平公》，学写北碑。在河南洛阳南伊水旁的龙门山上，有北魏以来的大量石窟佛像，其中北魏造像约两千件，有些造像刻有题记，清人选了二十种，拓后大显于世，人称《龙门二十品》。凝重、雄健、峻拔的北魏书体，不仅影响了钱君匋的书风，也蕴蓄了他在篆刻上的修养。

钱君匋的篆书从《石鼓文》入手，得力于清末的赵之谦，清丽典雅，风格朴茂。"扬州八怪"之一金农的隶书又使他的书法艺术迈出了一大步，钱君匋的隶书，古朴典雅，又灵动飞扬，汉简味极浓，读来赏心悦目。他在晚年喜书大草，挥洒之间，纵横自如，深得怀素神韵。他曾在莫干山上书江南第一大字"翠"，引无数人惊叹。

方寸小天地，却是一个大舞台。钱君匋刻印受家乡屠甸镇上的两位书画家孙增禄、徐菊庵影响，在上海艺术师范学校，有幸得到弘一法师的三大弟子丰子恺、刘质平、吴梦非传授绘画、音乐和图案。治石由学习吴昌硕印入手，且得其点拨，又改学赵之谦，继而上溯至先秦两汉，直至明清诸家，最偏爱晚清赵之谦、黄士陵、吴昌硕印，受此三家影响最深，印面或秀气或老辣或古朴，用刀则爽利劲拔，边款真草隶篆四体俱入，面目纷呈，多姿多彩。如他刻的《丛翠堂》朱文印，取赵之谦的风格，密处不容针疏处可走马，具有强烈的节奏感。他为画家朱梅村刻的《朱梅村》一印，印面是一红梅花，边上仅一"村"字，匠心独具的构思让人叹服。我在夏日的午后，读到这枚印章，仿佛看到傲雪的红梅，颇觉凉风习习，实是笔有尽而意无穷。

取法赵、黄、吴三家之外，钱君匋自成风格的代表作，有为画家朱屺瞻和王季眉刻的《学到老》印，以切刀为之，粗犷厚重，虚实映衬，笔意刀味俱浓。边跋是朱屺瞻、王季眉画的梅兰竹菊图，君匋奏刀。一印而见书画韵味和金石刀味的和谐统一，诚不易也。

钱君匋最为人称道的是他的诗书画印之熔于一炉。他巨印的长跋，常常是精美的散文。他的画上每每总是自己的诗，晚年为配合他的写意画，又镌刻了相应的印章，如《秋深菊数丛》等，以豪放的风格出之，作品中跃动着他艺术家的心声。他的挟着金石气入画，令画作气象万千。

但是为最初的钱君匋成名的，并不是他的诗书画印，而是为他带来"钱封面"雅称的装帧艺术。开明书店时期，钱君匋曾为鲁迅、茅盾、巴金、郁达夫等文学大师设计过书衣。之前也创作歌曲，还出版了诗集

《水晶座》。

三十一岁起，钱君匋转学旧体诗，他的诗词《冰壶韵墨》出版于1980年，至晚年，他结集出版的印作则更多，有《君匋印存》《钱君匋篆刻选》《长征印谱》《鲁迅印谱》（两套），《钱君匋刻长跋巨印选》等十多册，理论方面的著作多部，还多次在海内外举行书画艺术展。对于钱君匋来说，艺术之花开得持久而热烈。

四

钱君匋长期钻研无闷赵之谦、倦叟黄士陵、苦铁吴昌硕，取晚清三大师别署首字刻得斋名巨印《无倦苦斋》，印侧的行书长跋记载了斋名的由来：余得无闷、倦叟、苦铁印均逾百，堪与"三百石印富翁"齐大比美，乃珍护之于一室，效沈韵初《灵寿华馆》，缀三家别署之首字以名之，且《战国策》有"无劳倦之苦"一语，益喜其巧合，此亦好古之乐也！

斋名取得诗意，又耐人寻味，既点明其篆刻师承的渊源和对三大家的景仰，更表明了他对艺术追求"无劳倦之苦"的精神。他是这么说，更是这么做的。从他幼年时不间歇地练字起，到后来在装帧、篆刻、收藏和绘画上注入大量精力，无不沉迷进去投入其中，他以一生的时间致力于学问，甚至在他逝世前几天，还拿出印来修改。因为对艺术的执着和完美的追求，两方面的共同努力成就了钱君匋非凡的艺术人生。

钱君匋的"无倦苦斋"，书法家潘伯鹰见后大赞，称为"天下第一书斋名"。可是在十年"文革"中，就是这个室名，被无端地诬陷为"无权可抓"，给钱君匋引来重重灾难。

五

1985年春，钱君匋将毕生所藏的明代、清代、现代的书画、印章及

140

自作的书画、印章、书籍装帧等捐献给家乡桐乡市，其中包括文徵明、徐文长、石涛、陈老莲、华嵒（新罗山人）、吴昌硕以及齐白石、黄宾虹、朱屺瞻等人的书画，还有汉朝的瓦当、瓦罐、陶器等稀世珍品，总计四千余件，桐乡市为此在梧桐镇庆丰南路 59 号建造了君匋艺术院。凤栖梧桐。桐乡在出了茅盾和丰子恺两大名家之后，遂由钱君匋完成鼎足之势。

君匋艺术院整个建筑由两个展览大厅、讲堂、研究室、资料室、珍品库以及配套的客房、餐厅组成。底层展厅用大展板的形式将六开间的展览大厅分隔成两间，陈列巨幅书画。二层展厅设有展橱及展柜，用于陈列钱君匋先生的书画印章及钱君匋艺术生涯陈列室。

记得是十年之前，我走进君匋艺术院，看到了琳琅满目的艺术品，对于书画印，第一次，我有了一个初步的印象。一个不懂书画的人，却被这份艺术的气息感染着，我自己也意外着。从此，我知道了钱君匋这个名字。

艺术院的布局有较强的现代气息，又有江南水乡的风格，展厅、餐厅、客房采用曲廊连接，庭园中布置了大草坪、水池、小曲桥、院名碑以及钱君匋铜像。我几次到过那里，总是被水池吸引，我看到，水池里浮映着片片荷叶，这不由让人想起钱君匋刻的几枚《田田》的印章。朱印墨拓与翠绿的叶儿，一起在我心里飘荡。

君匋艺术院开院以来先后举办了君匋艺术院藏品展，张大千、于右任书画展，沈子丞书画展等各种展览二百余次。

1997 年钱君匋又将近十年所收藏明清字画、现代字画及古代陶瓷、铜镜和自作字画、印章等共一千件，毫无保留地捐献给祖籍海宁市，海宁市为此在西山山麓建有钱君匋艺术研究馆，乔石题写了馆名。

如今这两处地方成了书画家们研究交流书画艺术的重要场所，钱君匋，他把一生所收藏的珍贵的文物留给了他热爱的家乡。

六

想不起曾经在何处看到过一帧照片，照片上钱君匋和艺术理论家柯文辉就站在写有"钱君匋旧宅"的门前。这幢坐落在屠甸酱园浜的房屋，是钱君匋在开明书店时有了积攒后，以他父亲的名义买下的。

不久前我和小儿信尔也去寻访，在一个双休日能够找到此处并进得这个旧宅真是不容易。当找到这个门时，我们很兴奋，原来的正门已被用水泥砌了，现在的门开在西侧，上面挂着屠甸文化站的牌子，但是门关着，我们进不了。

多处打听了好长一阵子，也到过了寂昭寺，但都不曾有结果。在一个小摊前，我意外地得知一个民工模样的中年人认识文化站站长，我连忙在摊前花十元钱买了一包"五一"牌香烟作为酬劳。中年人便带我们去寻找，找了站长开的影院，又到过他的家，都不见，然后向导说，得去很远的加油站，一定在那里了。天很热，找得又累，信尔死活不肯再走，我也想放弃了，但是不肯放弃的是我们的向导，他借来自行车，让我们在原地等着，自己找去了。当他回来的时候，旧宅的门已经开了。那个时候的心里实在充满了喜悦。

古宅分东西北三面连体坐落，北面正厅名"思源堂"，三字出自于右任的手笔，有古拙之美。"思源堂"这一横额来得偶然，还是1931年的秋天，钱君匋把为于右任刻的两方印送去，正碰上于右任在写字，便也为钱君匋写了两幅，一幅是对联，用了钱君匋自己的上款，另一幅就是"思源堂"，用了钱君匋父亲的上款。

"思源堂"匾额下是大幅的山水画和对联，两边的柱子上则是一对篆书的抱柱联。屋子是旧了，堆了很多杂物。西厢房如今是文化站的办公室，东面屋子则被辟为图书室和阅览室。

抗战兴起，钱君匋一度回到故乡屠甸，他在这幢老屋里，曾经花一

142

周的时间构思、又用十天的劳力完成了六种"航空救国邮票"的考案，然后在一个晴朗的日子里，和母亲、妻子、弟弟等六个人一起，雇了一只小船，到邻近的硤石镇上为这套邮票摄影。三架敌机隆隆地从小船上空飞过，把炸弹投在了硤石。另一天傍晚，钱君匋正在卧室中凝神雕着一方石章，硤石又遭到了十多个炸弹的侵犯，一阵巨响和震荡，那枚手里的石章，掉落到了地上。

1987 年秋，八十多岁的钱老先生再一次回到故乡，就是在这里的西厢屋接待了很多社会名流，次日，君匋艺术院落成典礼。

我不知道，那几次，重回故里的老艺术家是否又听到了寂昭寺的钟声？他在心里怀念钟声吗？

他一定记得幼时晨夕必闻从寂昭寺传来的钟声；后来任浙江艺术专门学校教授时，客杭之吴山，山寺的钟声时远时近；在上海兼任澄衷中学教职时，讲舍之侧有层楼巨钟，报时之音，晨昏不息；抗战后回到上海，创立万叶书店，寓海宁路，犹闻海关钟声。想到从幼年到少年而至壮年，时光飞逝如白驹，不由得感叹，是钟声送尽了流光！于是他

阳刻：钟声送尽流光

把石捉刀，刻下《钟声送尽流光》细朱文印，那年他四十八岁。

有一阵子，我常常在想，如果九十高寿的老先生再次奏刀重刻此印，他会怎么写这个印跋呢？钟声它送尽了流光，对于很多人来说，流光只是一瞬间，而对于钱君匋，流光并没有空自消失，他为世人留下了丰厚的财富，那段流光也因此分外的耀眼！

2005 年 7 月，初稿

2008 年 1 月，修改

才子佳人　柴米夫妻

——朱生豪、宋清如故居

每到春光烂漫的季节，我的生日也就到了。

2005年生日的那天上午，我有些无所事事，很想在生日里留下一点有意义的记忆，便想到去看雕塑家陆乐在嘉兴大剧院的雕塑新作《诗侣莎魂：朱生豪与宋清如》，这样想着，吃过中饭便出发了。

去看雕塑之前，我又一次去了朱生豪、宋清如在嘉兴南门的故居。不知道去过多少次了，我看到的老屋愈加地破旧了，每扇门都敞开着，楼上的房间，大半已经没有窗户，地上满是杂物垃圾。老屋像一个饱经风霜的老人，在风中雨中承受着岁月的风尘。人生忽忽，岁月在不经意间已然老去，承载了岁月风尘的老屋已不堪风雨之重，让人徒生苍凉之色。只有门口"朱生豪故居"几个字是明亮的。我在故居的院子里摘了一片无花果树的叶，夹在笔记本里。我是带着翠绿的叶儿，手中捧着一本要还图书馆的书离开故居的。

宋清如先生是1997年故世的，她在故世前的十年，一直生活在这里。很遗憾在她生前我未曾来过这里，后来在秀州书局时，和笑我范君说起这事，他说，无缘呗。一句话，说得我无限落寞。范君又说，他在宋先生生前的这最后十年，差不多半个月便来一次，他的笔记本上密密麻麻地记录着这些岁月的印痕。那么说说这些故事吧，我说。

才子佳人、柴米夫妻

　　1912 年朱生豪出生在嘉兴南门东米棚下 17 号的这栋老屋内。东米棚下前是一条通往南湖的小河名通济河，与之隔河相望的是西米棚下。东西米棚下在抗战前是热闹的商贸市街，约有商店四十多家，其中米行有六家，是市区主要的米市之一；那些房屋沿河而筑，形成廊棚，东西米棚下的名字由此而来。我在朋友黄辉兄赠送的《嘉兴老照片》上看到过东西米棚下的风情。在东米棚下的南面转角处是一个不大的水码头，南来北往的商贾，自产自销的农民，都要驾船就近上岸，沿街买卖。码头之东，边上一个招牌上有"南城碾米厂"几个字，前面停着许多手摇的木船，构成江南水乡集市特有的景观。

朱生豪在那里度过了他的幸福童年，当年他在给宋清如的信中，曾描绘过那里的景象：

> 我家在店门前的街道很不漂亮，那全然是乡下人的市集，补救这缺点的幸亏门前临着一条小河，通向南湖和运河，常常可以望那些乡下人上城下乡的船只，当采桑时我们每每成天在河边数着一天有多少只桑叶船摇过。也有渔船，是往南湖捉鱼虾蟹类去的，一只只黑羽的捉鱼的水老鸦齐整整地分列在两旁，有时有成群的鸭子放过。也有往南湖去的游船，船上卖弄风骚的船娘。进香时节，则很大的香船有时也停在我们的河埠前。也有当当敲着小锣的寄信载客的脚划船，每天早晨，便有人在街上喊着"王店开船"。也有载着货色的大舢板船，载着大批的油、席子、炭等等东西。一到朔望烧香或迎神赛会的节期，则门前拥挤不堪，店堂内挤满了人。乡下老婆婆和娘娘们都头上插着花打扮着出来……

历史上的东米棚下

如此繁忙与热闹的水乡景象啊，读来简直有些眼花缭乱，接着他说起了自己的家：

> 但我的家里终年很静，因为门前一爿店，后门住着人家，居在中心，把门关起来，可以听不到一点点市廛的声音。我家全部面积，房屋和庭院各占一半，因此空气非常好，有一个爽朗的庭心，和两个较大的园，几个小天井，前后门都有小河通向南湖，就是走到南湖边上也只有一箭之遥。想起来，曾经有过怎样的记忆呵。前院中的大柿树每年产额最高纪录曾在一千只以上，因为太高采不着给多鸟雀吃了的也不知多少，看着红起来时，便忙着采烘，可是我五六年不曾吃到自己园中的柿子了。有几株柑树，所产的柑子虽酸却鲜美，枇杷就是太酸不能吃。桂花树下，石榴树下，我们都曾替死了的蟋蟀蜻蜓叫哥哥们做着坟。

这样一个趣味盎然的庭园，很容易让人想起鲁迅的百草园，真正是一个童年的乐园。

但是衣香人影总是太匆匆，朱生豪童年的幸福时光并不长，父母双亡后他就寄宿到姑妈家，那里杂乱无趣。高小毕业后他升入秀州中学，这时他对文学的兴趣已经很浓了，星期六回到家，他和两个弟弟一起编起了《家庭小报》，他让弟弟们把自己的喜欢的写出来，由他自任主编，他又是改稿，又是抄稿，又是设计封面搞插图写编者的话。每逢假期兄弟们相见的时候，也是他们编小报最忙碌的时候。更重要的是，中学阶段特别是高中阶段，他已接触到好多中国古典经史著作和诗词歌赋及近代文学作品，他对文学的爱好已日趋明显。

中学毕业后朱生豪被保送到之江大学深造，他的诗才和对文学诗词的评论这时候得到了淋漓尽致的发挥。他曾经说过，"理想的人生，应当充满着神来之笔，那才酣畅有劲"。之江大学的四年，在朱生豪的一生中，充满了神来之笔，譬如诗，譬如他的爱情，这些就如他后来在世界书局译莎一样。虽然朱生豪是一个翻译家，但就本性而言，他首先是一个诗人，尤其当爱神降临之时。

在之江大学的最后一年，朱生豪认识了蕙心兰质、一样有着锦绣诗才的宋清如，"一笑低头意已倾"，一切就在自然而不经意间发生了。他常常沉默寡言，但他是诗意的："我总觉得你比一切的美都美，我完全找不出你有任何可反对的地方，我甘心为他发痴。""只有一个冀念，能够在可能的最近再看见你，我将永远留一个深心的微笑给你，那是一切意望之花，长久的伫候着等待着开放的。""山中的雨是使人诗一样的寂寞的，都市的雨只是给人抑塞而已，连相思都变成绝望的痛苦了。"

这样的句子实在太多了，如果说这还不能算是诗，那么再看他作的诗词，"为问昔盟鸥侣，湖上小腰杨柳，可与去年同？一片锦江月，明月为谁容？"还有像李白诗一样极尽夸张的，"春风转眼便成秋，昨日欢娱此日愁。愁到江山齐变色，惹伊鸥鹭亦低头"。

爱情总是最能焕发一个人的激情，天才的诗人因为爱情而显得意气风发。

这真是一个才子佳人的美妙配对。在中国这个文明古国，向来不缺少这样的故事，而这个故事的主人公一方是从嘉兴走出来的，这多少让他的家乡人感到亲切和骄傲。朱生豪的才华一贯地得到老师的称赞，尤其是一代词宗、当时的"之江诗社"社长夏承焘先生赞其为"不易才"，又说"渊默如处子"，古代有才德而隐居不仕的才称得上处子，可见对这个学生，老师是如何地刮目相看。

朱生豪在之江时，写作之余，曾选辑了《唐宋名家词四百首》，他的同学彭重熙记忆此事时说："朱朱（朱生豪曾用过的笔名）对唐宋名家，颇多创新独到之见，三一年夏师（指夏承焘）授唐宋词，学期终了，诸生作学习心得，夏师对朱朱所写的评论，激赏之余，曾为之忘食，这是夏师亲口说的，我记得很真切。"夏承焘的日记证实有此论："阅朱生豪唐诗人短论七则，多前人未发之论，爽利无比，聪明才学，在余师友之间，不当以学生视之。""朱生豪读词杂记百则，仍极精到。"等等。可惜朱生豪这册《唐宋名家词四百首》毁于"文革"。

和朱生豪同年出生的宋清如出生于江苏常熟，之江大学时以现代派手法写诗，受到《现代》杂志主编施蛰存的高度评价，曾以"一文一诗，真如琼枝照眼"来赞美她的文采，说她写小说"不下冰心女士之才能"，施先生又得意地说，"徐志摩若在，我一定给你介绍，他也准会得相信我的发现的"。说到这些，我们读者总是会心一笑，两个笔墨灿烂的人走到一起，笔底生花那是很自然的，五十年之后的《朱生豪情书》便是一个见证。

之江大学与文学有着很深的因缘，夏承焘、胡山源都曾执教过之江，郁达夫、施蛰存也曾在之江读过书，而后又迎来了朱生豪和宋清如这一对才子佳人，六和塔的铃铎、秦望山的斜阳，一声声、一寸寸，弥漫在诗人作家的心头，让人久久不能忘情。这就是钱塘江畔、秦望山头充满诗意的之江大学，这是之江大学无尽的魅力。

朱生豪和宋清如沐浴在诗意的之江，情人桥、茅亭想必都留下他们的身影，当朱生豪毕业后他还在遥想着茅亭："我想要在茅亭里看雨、假山边看蚂蚁，看蝴蝶恋爱，看蜘蛛结网，看水，看船，看云，看瀑布，看宋清如甜甜地睡觉。"

朱生豪也是充满情趣的，他有一封给宋清如的信，内容是这样的："你一定不要害怕未来的命运，有勇气把眼睛睁得大大的，凝视一切；没勇气闭上眼睛，信任着不可知的力量拉你走，幸福也罢，不幸也罢，横竖结局总是个 The end。等我们走完了生命的途程，然后透口气相视而笑。"在这一封信里，朱生豪满怀情趣地把"眼睛"两字用一只画着的眼睛来代替，"大大"两个字果真写得大大的，"相视而笑"的"笑"则用一张笑脸来取代这个字。我想当宋清如看到这封信时，一定会开怀大笑，一个沉醉在浓浓爱意中的人，她是有福的。

虽然内心充满着诗意的情趣的诗人，但他的外表是孤单的，落落寡合的，彭重熙说他："好月夜独步江上，高歌放啸，莫测其意兴所至。"甚至在朱生豪临毕业前夕邀请宋清如去灵峰赏梅，虽然他心里肯定有千言万语，但朱生豪除了赏梅之外，依然默默无语。朱生豪大学毕业后，经胡山源介绍，来到上海世界书局英文部任编辑，那时胡山源已经在上海世界书局担任编辑，胡山源又在他家附近为朱生豪租了一间屋，还让朱生豪到他家搭伙吃饭，胡山源回忆："他很少开口，和他在一个办公室内，几年来，我没有听见他说上十句话。在我家吃饭时，他也默默无言地来，默默无言地吃，然后默默无言地去。"读这段文学，我很吃惊，似乎一个人的沉默也不至于这个样子吧，再一想，他是把所有他想说的话都付之于文字了。但这就是朱生豪，他的外表不免是冷淡的，但他的心却异常火热。

宋清如第一次和朱生豪走进这个小院是在1943年，其时他俩经历了两地十年的苦恋，于上年在上海结婚的，夏承焘先生题送这对新人八个大字"才子佳人、柴米夫妻"。因为日寇侵华的原因，他们随后去了常熟宋清如的娘家。我在沙家浜革命纪念馆参观时，从历史照片上看到当时真实的一幕，烽烟下的常熟成了日军清乡区，半年之后，他们回到了同样是日寇侵占下的嘉兴。

这幢祖居老屋是砖木结构的两层楼房，沿通济河东岸的东米棚下而筑，由前后几个院子、东西向楼屋、偏屋和南北向小偏屋组成，楼上是五开间。如今，小河已不复存在，取而代之的是宽广的马路。

楼上正中的房间，原是二弟朱文振结婚的新房，后来弟弟一家入川，朱生豪夫妇便在此间安顿。房内东西首各有一排小窗，东面的小窗正对小院；南北各开一扇便门，通向两旁楼梯。东首窗前置栗色榉木账桌一张，旁有旧式靠椅一把，朱生豪在这里开始他的艰难的新生活。

老屋想必没多大变化，只是这一次，多了一位女主人。女主人的到来，让老屋焕发青春活力，同样给我们的男主人公带来了无限的动力，朱生豪继续全身心地投入到他的翻译工作中。

朱生豪从 1936 年开始翻译莎士比亚的剧本，8 月译成《暴风雨》第一稿。他当时完成的译作曾两度在日军炮火中遗失，但是他凭着坚强的毅力，在极其艰苦的条件下继续翻译，他的态度又是严谨的，在"最大可能之范围内，保持原作之神韵"。回到嘉兴后，他几乎足不出户，没有必要的时候连楼也懒得下。物质生活又贫苦到了极点，低微的稿费收入根本跟不上飞涨的物价，宋清如常去裁缝店揽些加工的活以补贴家用，但他们的精神生活是很充实的，所以朱生豪又自豪地说："我很贫穷，但我无所不有。"

我想起孔子的门生颜回，一箪食，一瓢饮，居陋巷，也不改其乐，所谓安贫乐道。朱生豪所念念不忘的莎氏作品，对于他来说，不就是他的"道"？

然而极度的困苦生活和艰苦的翻译工作，严重地摧残了朱生豪的健康，从牙周炎、胃痛最后到肺病，他终于病倒了，不得不放下他手中的笔。1944 年 12 月，年仅三十二岁的他，告别了他年轻的妻子和年幼的儿子，带着未译完莎作的遗恨，撒手人寰。临终前，朱生豪不无遗憾地说："早知一病不起，拼了命也要把它译完。"

真是天妒英才！朱生豪在不到十年的时间里，在贫病交迫中，历尽心血，译出莎士比亚三十七个剧本中的三十一个。如果上天再假以一些时日，完成莎氏全部译作一定不会太长，再如果，朱生豪能够有一般人常有的寿命，他握管不辍的手一定会翻译更多更好的世界名作来……有时候我们不得不喟然长叹，岁月的步子走得实在太急促太无情，甚至在别人还没有回过神来静静注视的时候，就已经匆匆地滑过了，华美的乐章就这样骤然停下了。而他和颜回又何等地相似，都安于贫乐于道，又都英年早逝，这些无不让人扼腕叹息。

朱生豪曾对宋清如说："我们的灵魂都想飞，想浪漫的，但我们仍然局促在地上，像绵羊一样驯服地听从着命运，你说这不算温柔吗？太浪漫的人是无法在这世上立足的，我们尚能不为举世所共弃，即是因为我们是太温柔的缘故。"是因为他自己的浪漫才被这个世界遗弃吗？我莫如相信他是飞了，如果可能。

以后的一些日子里，宋清如经历了风雨飘摇的岁月，她一个人辗转他乡含辛茹苦地抚养大自己的儿女。在那个特殊的年代，自己成了劳改对象，儿子被分配到了新疆，女儿去了黑龙江，但她也迎来了光明，1947年，朱生豪译的《莎士比亚戏剧全集》由世界书局出版；1954年，作家出版社出版了朱生豪译的《莎士比亚戏剧集》；1978年，人民文学出版社又出版了朱生豪主译的《莎士比亚全集》……生活在朱生豪的世界里，宋清如是不幸的，她又是幸福的。但她更是伟大的，她以女性的平凡，完成了她不平凡的人生之旅，她的伟大隐在她的平凡中。

1978年，在外漂泊三十多年后，宋清如再一次回到嘉兴的老屋，和儿子一家团圆了。院子里的无花果树不知道是什么时候栽的，年年岁岁绿如旧。

晚年的宋清如，住在楼下的北面偏屋，写下了一系列纪念朱生豪的文章，并和她的老友彭重熙，以不断交流书信来怀念朱生豪。

1987年11月，宋清如把一直保存着的朱生豪译莎的手稿共计二十二册捐献了出来，由嘉兴市图书馆负责保管。1989年12月为纪念朱生豪逝世四十五周年，上海翻译家协会一行二十人在会长草婴的率领下，专程来嘉兴看望宋清如，并为故居送来了一个匾额，上书"译界楷模"，还带来了慰问品。

1992年嘉兴市电视台拍摄了由王福基编剧的电视剧《朱生豪》，北京电影学院许同均执导。剧情以一位名叫肖晓的女大学生为撰写朱生豪毕业论文来找宋清如访问的过程为框架展开的，缓缓的小河、静静的庭院，历史情节和现实画面交替出现。电视剧播出后反响很大，八十高龄的宋清如也因此获得了全国第十二届电视剧"飞天奖"的演出荣誉奖。

我那次到老屋时，前前后后地看着，试图想寻找一点旧迹，可是什么也没有。我悄悄地摘下一片无花果树叶，夹在笔记本里，我的笔记本上正抄录了朱生豪的诗："楚楚身裁可可名，当年意气亦纵横，同游伴侣呼才子，落笔文华洵不群。"而我的手里，拿着的那本要去图书馆还的书正是吴洁敏、朱宏达著的《朱生豪传》。据说陈寅恪先生当年因为得到一颗钱氏私园红豆山庄的红豆而写了八十多万字的《柳如是别传》，这就是缘分。所以我想，我们终究也还是有缘的，因为诗，因为传记，因为书信，因为我的床头多了朱生豪译的莎士比亚剧本，还因为这一片无花果叶儿……

给我们留下了朱生豪宋清如才子佳人的永恒记忆的还有陆乐的雕像，宋清如是如此清丽动人，她微微侧着的脸庞溢满了青春的气息，美丽而安宁。雕像下面是，是朱生豪给宋清如未曾发出的信："要是我们两人一同在雨声里做梦，那意境是如何不同，或者一同在雨声里失眠，那也是何等有味。"想必如今他们又能一起在雨里做梦雨里失眠了。

2006年夏，朱生豪故居开始落架大修，2007年国庆节，修缮一新的故居对外开放。整修后的故居基本格局不变，楼上也大体维持原状，楼下则辟为朱生豪宋清如图片展，朱生豪曾经用过的生活用品、他的藏书和他译的很多版本的莎氏作品一一陈列着。雕塑"诗侣莎魂"搬至了故居门外左边，门外右边照壁上刻了朱生豪《暴风雨》的题记和宋清如的手迹《译者自序》。

朱生豪、宋清如又活生生地回来了。

2005年3月，初稿
2007年10月，修改

小镇上的阳波阁
——江蔚云故居

一

在过去的很多时候，我常常对远方的朋友说，来看看西塘吧，来看看西塘的夜色吧。可惜的是，那时西塘旅游才刚刚开发，因此很少有朋友应和，他们或是说，西塘嘛，我已经看过了，或是说，哦，西塘当然要来的。有时就算到了西塘，在他们惊讶于西塘的长弄深巷小桥民居之后，复又匆匆离去，当我们挽留时，他们常常会无可奈何地耸耸肩，太忙了，得回去，最多会说，以后再来吧。他们独独没把西塘的夜色当一回事。

西塘自然有令人恋恋不舍的情结，每一个来过西塘的人，都会沉迷于粉墙黛瓦小桥流水构筑起来的古朴而精致的世界里，但如果看过西塘的夜色，才会在离开西塘之后还会深深地怀念西塘：那朦胧的月色，迷离地扫过层层叠叠的屋檐，柔软了每一个游人的情怀；红灯笼晕红的光，轻轻地荡漾在河面上，融化了每一位旅人的心思；小桥儿在抒情，树叶儿在倾听，你的脚步缓缓的，轻轻的，你会想，不用多久，我还会来西塘，还会来感受西塘的夜色……

作为一个西塘人，自有一种情结在心中。当好莱坞巨星汤姆·克鲁斯矫健的身影掠过西塘的屋檐小弄传播到世界各地之时，谁人不感到惊讶呢？只有西塘人呵呵一笑，似乎一切原该如此。

一切原该如此，就这么简单，这就是西塘。不过，经过多年的旅游开发，现在的西塘已经变味，你除了看到游客和两边商店，你已经看不到古镇安静的风味了。我怀恋那个幽然的西塘，并且正是那个安静淡然的古镇，以她古朴的情怀，培养了一位古镇自己的艺术家，他就是以诗词书法见长的江蔚云先生。

西塘人家（浦愉忠摄）

155

二

　　江蔚云先生 1914 年生于西塘的一个儒商之家，得深厚的家学渊源，工诗词、善书法、好倚声，生前为中华诗词学会会员、中国书法家协会会员等。他原名禄灿，字印舸，号怀云、晚耘、桐村雪子等，晚号复存翁、倚俛老人等，书斋名阳波阁，著有《阳波阁诗词》，编写《嘉善词编》《苹吹诗词集》，参与注释历代《嘉善乡土风情诗》等，他的书法作品多次入选省市、全国及日本、新加坡等东南亚书展，入编《中国当代墨宝集》，名列《中国近现代书画家辞典》《民国书画家汇传》等书，被上海"补白"巨擘郑逸梅誉为"词人书家"。

　　江先生早年就学于上海正风文学院，书法师学于正风文学院校长、书法家王西神，诗词拜师于清末四公子之一陈三立四子陈方恪，复问学于乡前贤、鸳鸯蝴蝶派小说作家沈禹钟，一生酷爱书法，搜集临摹名碑法帖，尤其钟情秦篆汉隶及南北朝之碑版。青年时每日晨起临池直至中午，几十年如一日，业精不懈。

　　江先生的书法，博采众长又师心独创，气势和神韵贯注在每一笔之间，形成了自己别具一格的风貌。他真草隶篆四体俱佳，五十岁后喜作章草和今草。章草参以明代宋克笔意，潇洒飘逸，又融入古隶之神韵，因而赢得"浙北章草第一手"的美誉。他的草书，深得书圣王羲之笔法，纵逸跌宕、参差错落，不惟古雅且姿态横生。他的篆书苍郁遒劲，直中寓曲，气息高古，非老手不能到；真书则结构严谨，遒丽肃穆，全自北碑中来，风格清丽；隶书功力弥深，浑厚朴茂，苍茫不可方物，点画变化莫名，晚年更以草法入隶。

　　以江先生深厚的书法功底，故成为浙北艺坛三老之一。被称作浙江艺坛三老的，前有沈红茶、谭建丞、蒋孝游，后有江蔚云、岳石尘、吴藕汀，随着 2005 年 10 月藕老的最后谢世，他们一个个已不复在了，浙北艺坛清冷了不少。

孙正和于当代写章草者，最叹服的两个人，正好都是嘉兴人：王蘧常和江蔚云。孙在唐吟方处看到江先生的书法，以为功力之深当世罕有其匹，便修书欲拜先生为师，无奈江先生无意为人师表，孙为此屡屡怅然。自然每个人于书法欣赏角度不尽相同，我最喜欢的是江先生的隶书，在我看来，他的隶书，于点画变化、提按起止、字里行间，尽显笔墨情趣，外观的稳健敦厚且大气磅礴，这一点，又极像他的为人。

差不多十年前，一次偶然的采访，我结识了江蔚云先生，想起来，那个披着长发被人当作小女孩的我是幸运的。

三

我是为了写胥社而去采访江先生的。那是1996年的春天，那个时候西塘旅游还不曾开始，那个时候古镇非常宁静，街上来来往往的都是本地人，曾经有几次，我邀请我远方的同学来西塘，然后陪他们走在空旷的朝南埭烧香港，我指着那些枕水的民居幽幽的长廊对他们说，你看你看，西塘有多美！十多年过去了，我的几个同学后来没再来过西塘，但他们念念不忘西塘如画的美景。

也许是长年工作生活在西塘寄情古镇的缘故，也许是我的血液里流淌着对家乡深厚文化历史热爱的缘故，当时的我萌生了一个念头：挖掘人文西塘的内涵。我列出了一个简要的提纲，第一个想要写的便是胥社。

西塘古有"胥塘"之称。西塘地处古吴越交界处，有"吴根越角"的称号，早在春秋战国时期，伍子胥留迹于此，胥塘因之得名。民国时期，吴江柳亚子流连于周庄、西塘，与两地文人交好，柳亚子建南社，西塘友人为效仿南社而建胥社，社长为江蔚云之父江雪塍。

时年中国大地上风起云涌，就算一个小镇也无一例外地受到了影响，江雪塍以一个有识之士应有的气魄，先后在镇上创办了昭华女校、《平川》半月刊、胥社、平川金石书画研究社等。

那年春天的一个午后，值平川书画社每周日活动之时，我来到镇上薛宅崇稷堂书画社活动之地，听江蔚云先生说他父亲的故事，说当年胥社在西园和杨氏义庄栖僻园的两次雅集。江先生说得兴致盎然，我听得津津有味。事前我当然不曾意料到，我们的这次谈话，竟然触动了江先生多年来埋藏在心底的情愫，后来江先生告诉我，此事距今已有七十多年了，已没人再提起了，他实在有太多的感慨。

想想真是，在这个小镇上，没有比江家更有声望更值得别人敬慕了，正像剧作家顾锡东所说，一门大雅，里人咸敬。当年的江雪塍是西塘古镇的文化先驱，他毕生潜心研究诗词、书法和篆刻，给后世留下了《舍北草堂集》《三两窠斋词》等作品，他的书斋"舍北草堂"藏书四千余册。他和胞兄江积塍一起创办的昭华女校，开兴办西塘女校之先声。他常常以文会友，和南社诗人柳亚子陈巢南余十眉郁佐梅等人的诗词唱和，促进了胥社的成立。1935 年，江雪塍又和一批志趣相投的老前辈和后起之秀发起成立平川金石书画研究社。后来平川社两度停办，1988 年，江蔚云先生在镇上重新组建了平川书画社。可当时的我，并不知道那么多，我只是惊讶江先生怎会有这么好的记性，胥社那个时候，他还只是一个十一二岁的顽童呢，他居然还记得给胥社雅集拍照的摄影师名字，更不用说那些过程了。

但我的惊讶很快被心里的敬佩所替代，在崇稷堂发生的一件事让我对江先生肃然起敬。当我第二次见到江先生时，他把一张写满了字的纸交给我，是更多我想知道的内容，我们在聊的时候，他又想起一些，提起笔在纸上作了补充。这时正好被一个杂工看到，他叫起来，江先生你的字是很值钱的，你怎么能随便写呢？以一个名家的声望，我当然知道江先生的字是很值钱的，但这个时候我哪里想到这些啊，经杂工一说，心里有些惶恐了。但我看见江先生只是平静地看了杂工一眼，继续我们的谈话继续补充。

后来我们熟悉了，和江先生的话题也就多了，甚至我也滥竽充数地加入了平川书画社，他又教我用篆书写自己的名字，可惜，资质迟钝的我始终没学好。江先生生前，我在平川书画社的那个时期，现在想起来真如梦幻一般。我认识了晚年的江先生，看到他的性格柔中寓刚，沉稳中又不失天真烂漫，既可敬又可爱。也因为江先生的艺术和为人，他影响了古镇上的一大批文化人。

四

江先生名他的书斋为阳波阁。阳波阁在西塘北栅街 24 号，一条曲折悠长的小弄，引领着我走了进去。江先生一定不曾想到，在他辞世六年后的一个冬日，2006 年新年里的一个上午，一个小女子冒雨前往，同到阳波阁的，还有他的两个女儿，其中江茝阿姨是我们早就熟识了的。

这是一幢老式的屋子，走进门就是狭长的饭厅兼厨房，经西面的廊间通往北面的客厅和卧室，江先生的晚年主要在这里度过，中间则是一个挺大的园子。经饭厅的楼梯上楼，同样经过西面的廊间，北面也有两间房间，各摆放着一大一小两只桌子，东面的大桌靠着窗，是江先生多年的书画桌，江先生就是在这张桌子上，书就一幅幅的作品。西面的小书桌，是江先生看书的地方，另有两只书架，一张床。书桌旁很醒目地挂着几幅字画，分别是吴镇八竹碑拓片两幅、苏局仙一百零一岁时写的字一幅和江先生自己草书一幅。和破旧的房屋比起来，这几幅字画鲜活得就像新挂上去似的。我用手轻轻地抚摸，人去楼空，幸而此物长留了。

"阳波阁"的匾额也还在，还挂在楼上靠西的那间卧室里，张伯驹所书，笔意清新，《阳波阁填词图》却已无踪影了。当年江先生曾请黄宾虹、溥心畬各画一幅《阳波阁填词图》，他的文字老师、当时移居沪上的沈禹钟为之写《阳波阁填词图记》一文，盛赞后学弟子在诗词方面的建树。那天我在江先生的房间，随手翻开书架上的书一看，上面的几册正是厚厚的声学方面的书。

最近的一年多来，我到过的名人故居也不少，已开辟纪念馆的当然很整洁，资料也多，没有开馆的也有比这儿更见沧桑感的，但我没有看到比这里更杂乱而蕴藏丰富内涵的。遍地是尘埃，揭开布满尘埃的纸，是一个异常丰富的世界，除了书，有很多装裱的和未曾装裱的书画，也有木雕、照片、剪报、名片等，可谓琳琅满目。六年了，尘埃企图把这片天地完整地占有，我却看到，艺术的灵魂倔强地透过尘埃发出自己的声音来。

我对莛莛阿姨说，何不把江先生的遗物藏品作个整理，如果有人同在，我很乐意做这件事。可惜莛莛阿姨没有响应我的提议。

五

曾经到这里拜访阳波阁主人的来客很多。早年的时候，顾锡东常常来到阳波阁，与主人煮酒论书画，四十年后，当定居杭州的顾锡东回忆起那个情景时，恍如就在昨日。

纪念吴镇诞辰七百一十周年之际，邵洛羊来到嘉善，金梅陪同邵洛羊来西塘拜访江先生，阳波阁一席闲谈，两人商定，以邵先生的画换江先生的字。这个场面虽不曾亲眼所见，但我料想是很有趣味和戏剧性的。

有一天，一书鸿翩然而至阳波阁，原来是方介堪八十岁作诗自寿，抄送海内辞章家，遍征诗词文章为其颂寿，其手札十六开纸上朱砂色行楷写成，诗曰：清白传家宝，蔬水怡吾神……读来颇觉清新。

一日，得到"江南雀王"岳石尘的《竹雀图》，江先生即写诗、填词各一，可见当时江先生的心情是相当愉快的。这一幅《竹雀图》也为我在故居亲眼所见，双双振翅的麻雀掠过竹叶飞起，像在迎接亲人的归来，殊是可爱。

又一日，徐城北来嘉兴，范笑我陪同他也来到阳波阁，那一天，江先生拿出他的好多藏品与两位来客共同欣赏。2006年新年里的那个雨天，我在阳波阁所见到的是江先生为此事写的诗《徐城北范笑我两君枉顾赋六绝句志喜》，楼下桌子的玻璃台板下压着，铅印的文字，只是没注明发表在哪儿。

交友在江先生实是一大爱好，他爱古哲，也不薄今人。当年在老师沈禹钟寓所得遇单晓天，两人从此一生交好。唐吟方作《刀鱼图》，江先生为之题语："此鱼传闻出自松江，昔吴王江行，食鲙，以残者弃水面化而为鱼。"此画复得朱家溍题句，藏者视为珍品。

与文化名人的交往，使得江先生早年就开始的收藏愈益丰富了，他藏有邓散木、丰子恺、齐白石、黄宾虹、韩登安等名家的书画及印章精品，数百方印章均出自全国著名篆刻家之手，他的字"印舸"意为收藏印章之多拟可用船载。江先生常年沉醉其间，一日三摩挲，珍爱无比。让人痛心的是，因为"文革"，他的收藏几乎化为乌有。

与镇上文人的交往自然更多了，孔庆宗先生书法也大雅，当年孔先生还在丁栅时，江先生欣赏孔先生的才情，每次孔先生来西塘过夜，常常在江先生家，两人同榻而眠，抵足长谈，乐此不疲。邬燮元先生在篆刻起步时，江先生总要他坚持传统，在传统中创新意，而不要为了出名寻找捷径，多少年来邬先生也这么做了，如今他于方寸之间把元朱文打造得有声有色，常在各类比赛中获奖。平川书画社有三青年称"三石"，江先生器重恒石梅文磊绘画方面的灵气，常常给予表扬鼓励。古镇之上，还有很多人，一样深受江先生的影响，有时候我们在一起，每每提起，至今感念江先生的艺德。

六

郑逸梅在《艺林散叶续编》中提到，黄宾虹曾绘《江南第一村图》赠江蔚云。江先生自己在诗中也提到，此图久佚，后请老友吴藕汀补成。所谓江南第一村者，为明代西塘人周鼎之故居。周鼎以文学知名，他自署其居处为"桐村书屋"，求文者日集其门，浙西文士多有慕名前来切磋者，推为巨擘。

西塘的文化，一如这个千年古镇一样源远流长，自明清以来，留下诗文著述不少。或许有人会有疑问，一个小小的镇子，何以如此？

其实西塘自古繁华，手工业之闻名更是久了。据陶宗仪《辍耕录》记载：元代西塘镇人、漆工杨茂，擅戗金戗银法。现北京故宫博物院还保存了他的作品"观瀑团圆盒"。木板之上，用针刻画的画面上，房屋、人物、树木和花卉，非常精细。张成作为杨茂的同乡，同样擅长此法，他制作的手工艺品在明永乐年间被日本人购得，视为至宝，继而敬奉给明成祖，他的作品"剔红紫萼圆盘"，成了日本的国宝。两个西塘的民间艺人，凭着他们高超的手艺，令普通的漆器成为精致的艺术品而代代流通流传了下来，这不能不惊叹于西塘人的聪明能干了。

记得有几次，我、采菊、简儿，还有《嘉兴市志》的主编史念老先生，我们几个人坐在嘉兴"钱塘茶人"的茶室喝茶，有次说到历史，史先生说，西塘的漆器出现在日本，日本人又当作至宝奉送给中国的皇帝，这不是很奇特很有趣吗？西塘的漆器怎么会出现在日本呢？还有魏塘的银器（朱碧山银龙槎北京故宫博物院收藏）怎么会都能成为国宝的？然后史先生分析说，因为早先，附近的上海青浦淀山湖一带有个中国对外贸易的大港口青龙港，因得交通之便，才出现这样的情况，可见西塘自古繁华是有着深厚的历史背景的。经济的发展久而久之势必影响到文化的发展，明《词综》采录有明一代之词，凡三百余家，嘉善一地即占三十多人。明清以来，西塘的土地上，土生土长了一批民间文化人，我保存的前辈镇人蔡韶声所著《后藏密斋集》复印本，其中诗作之多可谓洋洋大观。作为理发师的严西风曾经是平川书画社的负责人，史先生说，这可不了起啊，吴敬梓在《儒林外史》里就把希望寄托在卖菜的、砍柴的等普通人身上。源远流长的民间文化，是西塘文化中的一大旋律，书法家江蔚云先生和他的家族，正是西塘民间文化中的一个典型。

说到江先生的家族，已经提过的是他的父亲，其实何止这些呢，江家一门，尽显技艺。江蔚云先生的二弟江载曦（1916—1951），中国画会会员，其画兼工山水花卉人物翎毛，山水直逼"吴门四家"之文徵明、唐寅。喜作草虫，出入于宋元明清诸家之间，以画蝶最神，有"江蝴蝶"的美称。先后在上海举行展览，识者交口誉之。我第一次看到江载曦的草虫图，是在西塘醉园王亨先生处，1948年编的《中国美术年鉴》上：葡萄蔓藤之下，三只蝴蝶翩翩起舞，一大蝶展翅在上，两小蝶翻飞于下，那透明的花色翅膀，弯弯的触须，清晰可爱，栩栩如生。也许是没日没夜地作画太过劳神费劲，江载曦竟英年早逝，不免让人扼腕叹息！

江先生三弟江上青，上海复旦大学毕业，是位剧作家，越剧《红梅阁》曾于人民大会堂上演，受到周总理的表彰，另有作品《唐太宗》《状元打更》《颜大照镜》等，都以出色的文采得到各界的好评。他的四弟江洛一，毕业于苏州美术专科学校，四十余年从事文化博物工作，现为苏州平江书画院院长。书画诗词俱工，又通书画理论。专著有《苏州近现代书画家传略》《吴门画派》《乐咏庐诗稿》及与人合著的《苏州书法史》等。他的三个妹妹江韵蟾、江韵如、江韵薇均擅丹青，江韵如除了擅长国画还善油画。今年年初，我得到洛一公自苏州转来、莅莅阿姨送的《江氏家族书画作品选》，观册页之上，墨色精妙，让人叹服。

江先生的妻子屠庆华也善丹青，常作梅花以自娱。他的女婿倪嘉乐当年正是受江先生的影响，常年的耳闻目染，也爱上了篆刻这门艺术，一度出任平川书画社社长。中国传统的艺术在这样一个家族发出熠熠光彩，真让人们刮目相看。

创作中

七

阳波之名，取自《庄子》：动而与阳同波。庄子主张安时处顺，与世同波，知其无可奈何而安之若命。这正是江先生的人生态度，他热爱生活，乐观豁达，又处世从容，甘于平淡，不计名利，直至于平淡中见真彩，在朴实里显芳华，这样的人生，不是很精彩么？江家的堂名为赋修堂，赋修堂在西塘的塔湾街，这里原为江家大院，江先生在此度过了他的青少年时期。江家以经商起家，起初经营腌腊，后改为酱园，虽为商贾，却注重修身养性，从堂名上可见一斑。

164

正是江先生这种朴实的人生态度，我们看到他在勤于治学的同时，还对地方文化投注了极大的热情，为地方志撰写史料，为乡土诗提供注释，为平川书画社艺事更是终日奔波，对晚辈新秀经常给予鼓励，为西塘古镇题写招牌桥名、厅堂匾额、楹联立幅者不计其数。有一年，乡前辈著述、柳亚子作序的《踏灯词》《冶春词》失而复得，江先生即高兴地写起了诗。

也在阳波阁，乐观开朗的江先生自娱自乐地自创对联、撰写集句来了，这样的墨迹有很多，自创的句联如"翰墨资吟兴，云泉适野情"，集句的如"醉里和君诗 爱将芜语追前事；病中留客饮 更把梅花比那人"，才情飞扬，让人百读不厌。

那天，快要离开阳波阁的时候，雨还在滴滴答答地下个不停，我望着那个园子，当年的花坛如今因为没人居住清理而杂草丛生了。茝茝阿姨叹息说，爹爹在世的时候，这儿的假山盆景多美啊。

我的目光落在一丛野草上，因为雨水的洗漱，野草青绿得直刺我的眼睛，一时间我看不见别的，我想到了江先生，他的生命，看重的不唯诗词书法，他更看重严谨的治学态度、正直的做人本质和才艺相通点画提转之间即现意境的书法精神，而金钱名利之心则全在他的脑后。

只是，江先生的一生，虽技艺精湛，声名却并不很彰显，我想，这多半和他的职业及所处的地域有关，江先生生前只是一名普通的店员，他常年生活的西塘古镇当年也和他一样寂寂无闻，江先生身后，西塘旅游蓬蓬勃勃地发展起来了，江先生的艺术之长存也是无疑的。

有前贤如此，我如何不爱自己的家乡呢？

2006 年 2 月，初稿

2014 年 10 月 19 日，修改于江蔚云先生诞辰百周年之日

情欲也纷纷
——木心故居＆木心美术馆

一

木心自己说，他是一株野生植物。不同于温室里的植物，野生植物呼吸天地间的新鲜空气，顽强，自由自在且无拘无束，也常常不按常理出牌。就如《我纷纷的情欲》这样的诗题目，是普通人很难想到的，又如《文学回忆录》，我们看惯了一本正经的文学史，蓦然发现，原来文学史还可以这样写，还可以穿插自己的评论和经历，不觉惊呼，野生植物真是不一样啊。因此，这个夏天，我以读木心为乐。

二

木心祖籍浙江绍兴，他的祖父孙秀林从绍兴迁居乌镇乡下，渐渐发展成一个大庄园，并买下乌镇东栅市河南的楼房，据说此居所呈"官印"状，意味着出贵人。1927 年 2 月 14 日，西方情人节那天，木心出生于此。木心，姓孙名仰中，家里人从小叫他阿中，据他本人说，他又名璞，字玉山，又改名牧心，木心则是他的笔名。他觉得自己意马心猿，自嘲牧人牧己两无成，就改用木心。

木心五岁时，孙家又买下东栅财神湾孔另境家花园的一部分，成孙家花园。孙家宅园规模之大，在乌镇屈指可数。木心曾说，小时候万贯家产……

木心出生的时候，他上面的五个哥哥已死，另外尚有两位姐姐。父母怕他也死掉，很小的时候就让他做和尚，他有袈裟、芒鞋，法号叫常棣。不幸七岁那年，父亲亡故，但是年幼的木心只是冷眼看着忙乱中的一切，并不悲哀。这让我想到王国维幼年时母亲去世，他哀号如成人，天才都是这样的与众不同。

儿时的生活环境，于木心而言，有着最丰沛的文学土壤。外婆、母亲都懂《周易》，夏天乘凉，母亲讲《周易》，背八卦口诀，母亲还非常推崇杜甫，给他讲解杜诗，后来木心高度评价杜诗，一部《全唐诗》，如果抽掉杜诗，会不会塌下来的样子。祖母则为他讲《大乘五蕴论》。而家里那位管家海伯伯会拿很多木心未听说过的生僻字来考他，其他佣人、长短工，个个会讲故事，常常一个房间在讲包公，隔壁在讲岳飞，另一个屋里在讲杨家将……突然发现，我的童年少年也是这么快乐地过来的，只不过说唱者的声音来自半导体，境况虽不同，快乐却是相似的。

在乌镇，更有经久不衰的昭明太子读书的故事如和风细雨般滋润了少年木心。十多年前我几次到乌镇时，这块刻了"梁昭明太子同沈尚书读书处"的石碑还竖立在乌镇南栅，直到后来才迁至西栅，并且新建了昭明书院。木心在《塔下读书处》中，用一支深情的笔，述说着昭明太子和茅盾……

乌镇 木心纪念馆 子仪 绘 2017 年 12 月

木心乌镇家的藏书楼，有四书五经，有《全唐诗》等，古籍多多。1937年，抗战爆发，木心仅十一岁。就读的学校关门，学校图书馆的书全搬到他家里（战争年代，可能私藏更安全，而且孙氏家园大，足够放那么多书）。"我们小孩子们唯一能做出的抵抗行动是，不上日本宪兵队控制的学校，家里聘了两位教师，凡亲戚世交的学龄子弟都来上课。"木心在上大学前，曾有过六位家庭教师，四位是被淘汰的，另两位，是经久不衰的学问家，其中一位是前清中举的鸿儒，一位是东吴大学的毕业生、杜威的高足，木心因之深受东西方文化的影响。

那时，茅盾已是世界闻名的大文豪，家里有着非常丰富的中外藏书，这其中有高尔基题赠、巴比塞签名寄赠的书，更多的是当时新文学作家的赠书，不少是精装，甚至有版本非常讲究的。茅盾虽然旅居在外，但由于母亲后来回到老家，茅盾有时会回乌镇。1934年，茅盾翻新老屋后面的三间平房作为书房。

茅盾家在观前街，木心家在东栅大街，两条街东西相连，这给木心去茅盾家借书创造了便利，当然更重要的是，茅盾家所开的泰兴昌纸店的经理黄妙祥与木心祖父、父母关系都极好，木心叫他妙祥公公，木心的二表哥则是黄家女婿，木心叫茅盾的母亲为沈家娘娘（娘娘是江南方言，即奶奶）。因为有了这层关系，木心经常去茅盾家借书，他爱护书，把旧的书补缀装订，沈家娘娘很喜欢他去借书。抗战中，乌镇一度被日本人控制，茅盾在内地不回家，又后来茅盾母亲去世，黄家就住在茅盾家负责管理。木心流连于茅盾家的书房，他称之为茅盾书屋，他说："我对沈氏的宗谱无知，对茅盾书屋的收藏有知，知道了凡是中意的书，一批批拿回家来朝夕相对。"后来，木心在上海见到了茅盾。

应该就是在乌镇的茅盾书屋，木心读到了令他爱不释手的《鲁拜集》。《鲁拜集》是12世纪波斯诗人莪默·伽亚谟的四行诗集，英国诗人菲茨杰拉德翻译。"那三百年，天上许多诗星都散到波斯去了。我少年时读了不少，其实我的文学是受到波斯影响的。""莪默·伽亚谟的诗风，豪迈、旷达、深情……他的诗不重个人，不重时空，有一种世界性。""19世纪末，爱文学的青年每人一本《鲁拜集》。"木心在一篇文章中，经浪漫主义的手法，写他和莪默·伽亚谟大谈悲观主义，喝各种酒，他是多么喜欢《鲁拜集》。我也一样，当我第一次读到《鲁拜集》（或称为《柔巴依集》）时，也是一下子喜欢了，有一年去英国旅游，还买了八九个版本的英文《鲁拜集》，虽然看不懂，但摸摸那些书，看看那些图，也是开心的。

木心自己家的藏书楼、学校图书室、茅盾书屋，可能当时乌镇整个镇子其他所有的藏书加起来也不会太多，少年木心已经领略了其风采，他如饥似渴地读着，笑说自己得了"文学胃炎症"。

木心也钟爱《圣经》，他认为，耶稣是众人的基督（信徒的基督），更是文学的基督（木心自己的基督），所以提到《圣经》，他会说文体好，语气好，他甚至觉得耶稣是他的文学干爹。少年的他，与一个湖州女孩柏拉图式地相恋，几年里，前后通了二百多封信，谈《圣经》。女孩看重《旧约》，木心则认为《新约》的文学性、思想性胜过《旧约》，后来两人在苏州东吴大学见面，不幸见光死，信也不通了。木心坦言："三年柏拉图，一见，一塌糊涂，勉强地吃饭、散步，勉强地有个月亮照着。""《旧约》没能使她爱我，《新约》也没能使我爱她，现在旧事重提，心里忽然悲伤了。"有研究者说，木心和湖州女孩有没有谈恋爱，当事人没说，这事不好鉴定，但我觉得这几乎是很肯定的事了，虽然大约没有明说，但恋爱的感觉是双方都有的，否则不会在见面之后暗无天日（勉强地有个月亮照着），不会见光死，也不必连信也不通了，不必在五十年之后谈到此事还要悲伤。甚至木心写信，连信纸都会折出很多好看的花样来，实在因为爱情让人产生奇思妙想。

在乌镇，《昭明文选》、杜诗、《圣经》和《鲁拜集》等，纷纷扬扬地从天空飘下，一起温柔地撞击了木心那颗爱好文学的心。十四岁那年，虽然还在写五绝七律，但是暗地里，木心写起了新诗，开始他正式的创作，并且开始在嘉兴、湖州、杭州、上海等地发表作品。他的第一首诗是这样的：

时间是铅笔，

在我心板上写许多字。

时间是橡皮，

把字揩去了。

那拿铅笔又拿橡皮的手

是谁的手？

谁的手。

不断地写，到"文革"时，共结集二十本，手抄精装，给十来位朋友看过，但在"文革"中全部被抄走，木心哭了。幸好，木心把这些都称作准备期，认为他真正的创作，是从五十岁之后开始的。

从出生到十七岁（1943）走出乌镇，木心的大部分时间生活在乌镇。抗战胜利后的 1945 年，木心回到乌镇，与朋友沈罗凡一起创办了一份八开的油印小报《泡沫》。办报办刊，是很多文人热心于做的事，可以说是一种情结，我在金华时，也曾和班里同学办过一份油印小刊，若干年前，有位同学告诉我他还收藏着，可惜我自己已经找不到了。

三

木心的血液里，流淌着浓郁的文学情愫。他喜欢认亲，在世界大文豪中，认文学的亲，寻找他精神上的血统。

文学干爹前面已经提过了，接下来是两个文学舅舅，"我早年就感到自己有两个文学舅舅，大舅舅胖胖的，热气腾腾，神经病，就是巴尔扎克，二舅舅斯斯文文，要言不烦，言必中的，就是福楼拜。"

对于这两个文学舅舅，木心可谓一往情深，尤其是大舅舅。他说法国小学家中论伟大，首推巴尔扎克。又类比植物："你可以残害植物，但你无法反对植物。巴尔扎克、托尔斯泰，像两棵参天大树。你站在树下，大声叫'我反对你'，有什么用？"

对于二舅舅，相比更亲近一些。1950 年，二十三岁的木心读到福楼拜的书信，他正式投到福楼拜门下。福楼拜说："如果你以艺术决定一生，你就不能像普通人那样生活了。"于是木心辞掉省立杭州第一高中的教职，只身上莫干山。尽管杭高的待遇不错，但木心认为，这就是普通人的生活，与他的追求有很大的差距，于是不惜辞职。他雇人挑了书、电唱机、画画工具，走上莫干山。山上的书桌上，贴着字条，字条上写了福楼拜的话："艺术广大已极，足以占有一个人。"愿意为艺术而有所牺牲，"为艺术而艺术"，这就是青年木心，这是木心早年要做个纯粹艺术家的梦想。

最亲近、最能谈心的，当然是兄弟了，那是拜伦。"我见拜伦，这位哥哥好像哪里见过。""真挚磅礴的热情，独立不羁的精神，是我对拜伦最心仪的。自古以来，每个时代都以这样的性格最为可贵。""我这样形容他：至性，血性，男性。"1948 年，木心乘海船经台湾海峡，在某日雨过天晴后，看见壮丽景色："三层云，一层在天边，不动，一层是晚霞，一层是下过雨的云，在桅顶飞掠——我说，这就是拜伦。"1989—1994年，木心在美国纽约杰克逊高地给一批中国艺术家讲世界文学史，讲到19 世纪英国文学史时，大讲特讲拜伦，好比开了一个拜伦追悼会。

兄弟之外，木心还有一位文学表哥博尔赫斯，雪莱他视为邻家男孩，司汤达是好朋友。姐妹有没有？应该也有，只是他没提。如果让我帮他认姐妹么，简·奥斯汀应该是，弗吉尼亚·伍尔夫，大概也是。

1993 年左右木心摄于纽约杰克逊高地寓所门前

还有一个人，木心没冠以什么称谓，但他几乎影响了木心的一生，他是尼采。木心说，年轻人读尼采，是长骨头、补钙的过程。如果耶稣是文学干爹，那尼采可以说是木心的文学奶爸，木心一辈子讲不完尼采的高贵。

一个木心血液里的文学大家族，如果让他们站在一起合影，该是非常生动而有趣的。

木心也有很讨厌的人，如萨特，尽管他生前尊荣、身后哀荣，萨特的葬礼，几万人队伍长达三千米，但他一些很奇怪的言行让木心非常反感。木心鉴定他是一个戏子，一看他的照片，就知道不是自己的族类。大家族的合影里，断没有萨特的位置。

四

1956 年，木心三十岁，据说因学生时代得罪一位后来加入新政权的同学，拒捕跳海，被捞起后投入监狱，关在上海市第二看守所，备受折磨，木心用了"死去活来"四个字，没有更多的话，却已经让人脊椎发凉。这是木心的首次入狱，他想做一个纯粹的艺术家的梦想破灭。之后再弹贝多芬，产生了共鸣，他奇怪，虽然和贝多芬遭遇完全不同，却能理解贝多芬的悲痛。而十年前，当木心二十岁时，曾经因为参与学生运动，木心被当时的上海市市长吴国桢亲自下令开除学籍，又被国民党通缉。消息传到乌镇，母亲昏倒，舆论大哗。这野生植物实在不好做啊。这次的入狱，更是让母亲受到沉重的打击，木心被囚期间，母亲病逝于上海高桥，木心伤心得哭晕过去。

十年"浩劫"期间，木心被打成了"反革命"，他历经第一次入狱时的"死去活来"，虽然内心还在挣扎，但更多的是从容，他说："'文革'中，死不得，活不成，怎能活下来呢？想到艺术的教养——为了不辜负

174

这些教养，活下去。""'文革'中，我第一信仰是不死。平常日子我会想自杀，'文革'一来，决不死，回家把自己养得好好的。""我逃出'文革'，用的是魏晋风度。"他终于明白了，为人生而艺术，为艺术而艺术，都是莫须有的，其实生活，都是人生，都是艺术。

这期间，木心很多次被关押、隔离审查、管制、劳改，曾经被关在地牢里，前后有近两年时间，他曾花三个月时间，第三遍读完黑格尔哲学《小逻辑》，把书本批得密密麻麻，有点悟了。因为需要写交代，他用写交代的纸作曲，还在纸上画了钢琴的黑白琴键，无声地"弹唱"莫扎特与巴赫。后来，他还用写交代的纸写了六十六张（两面，计一百三十二页）的《狱中手稿》，大约六十万字。木心无限感慨道："是文学害了我，成了'反革命'，还是文学救了我，使我每天乐不可支。"文学、艺术，都能给他带来极大的快乐，尽管暗无天日。

关于地牢，这里不得不要多说几句。

木心有一份自编年表，有许多地方，用了"本厂"两字，"本厂"是哪个厂，这首先是一个疑问，再一个疑问，其中1972年3月到6月，"在本厂防空洞隔离"。防空洞，大约就是地牢。但是时间长度不对，木心自己说，在地牢中，用三个月时间第三遍读完黑格尔的《小逻辑》，另外还用写交代的纸写了近六十万的《狱中手稿》，明显需要很长时间。后来我终于找到了，在《迟迟告白》这篇文章里，他再次说到地牢："另一次在'浩劫'期间，被幽禁在地牢中，一灯如豆，两年过去了……"

既然地牢有两年时间，那么木心自编年表中的防空洞三个月时间应该不对了，再或者另有地牢？在木心外甥王伟写的《为文学艺术而生的舅舅》一文中，叙述了木心"文革"中的经历，整理如下：一是1966年冬，四辆劳动车拉走了木心的画作、文稿、藏书、乐谱、唱片等；二是1967年后，木心被定为"现行反革命"，关在地下防空洞中写检查，长达一年半；三是解禁后在单位监督劳动，长达数年；四是"文革"后期，被关在上海长治路自己租住的小屋中隔离审查，偷偷画了五十多幅水墨转印画。

又据他当年的工友在《巨匠蒙难记：他们要我死，我不！》一文中回忆，1971年起，木心被关押在上海创新工艺品一厂地牢十八个月，这个地牢被木心称之为"三号防空洞"（为什么叫三号防空洞？难道还有一号、两号防空洞？），作者这样描述防空洞："木心对我的启蒙富有戏剧性，他仿佛一盏灯塔照亮了我迷茫的人生。我们屈指可数的'授课'的教室，是曾经关押他的防空洞，该洞约二十平方米，我们七二届青工进厂后，通过义务劳动将这又脏又臭的地牢打理成厂图书馆，后又置一张乒乓桌，平时无人光顾。"作者又说："他自踏上社会的工作单位都交代得清清楚楚，唯有1967—1979年在上海创新工艺品一厂的那段经历是空白，即用了'我厂'作为替代。"如此说来，木心自述简谱中的"本厂"也有了答案。木心回国定居乌镇后，创新厂的很多工友曾到乌镇，想见木心一面，但都被木心婉拒，怕是他不想揭开陈旧的疤痕吧。直到后来，同是创新厂的工友朱煜元去乌镇，在被拒绝后报上自己的姓名，木心对助理说："此人是我一生中的恩人，不能不见啊！"他们紧紧地拥抱在一起……

根据以上资料归纳分析，木心所说的地牢，就是上海创新工艺品一厂的防空洞，在地牢的时间，约1971—1972年中的一年半到两年时间。他在地牢中，读了三个月的黑格尔，写了六十万字的《狱中手稿》，在纸上画琴键"弹琴"，教青年工友文学和画画等。

以上是我读两个月的木心之后，对他自编年表中空白处的一点补充吧，另外，我看过几位不同作者的木心年表，也都没有说清楚这个问题，因此我带上这一笔。

经历了非人的日子，吃了那么多苦，认为他一生的各个阶段全是错，但木心依然是一个清醒的入世者，仍然"执迷不悟"，他说："但我愿意生在现在，因为比较容易了解宇宙，透视人生。如果你是淡泊名利的人，那么生在这个疯狂夺取名利的时代，那是真有看头。""不要太看得起那些荒谬，痛苦，不要当一回事。"说得轻轻淡淡，似闲云野鹤，好像痛苦不是自己承受的。

他思量自己的墓志铭可以用这样的话："即使到此为止，我与人类已是交浅言深。"这是一种怎样的情感寄托呢。

哪怕对待动物、植物，他都满怀深情，倾注了他的慈爱。在纽约，墙上的爬山虎，木心会给它拢一拢。一只松鼠来到他的窗口，他给松鼠吃食，于是松鼠天天来，有一天没有给，松鼠用老朋友的眼神看他。这时候的木心是幸福的，我仿佛看得到他的微笑。

木心说，天堂的门是窄门，一个人挤不进，两个人（成双，或人与动物，或人与植物）挤进去了，是故别人是天堂。他有位音乐家好朋友李梦熊，他俩曾无数次地倾心交谈，谈《红楼梦》，谈叶慈，最后因一本书而绝交。他后不后悔，伤不伤心？他没说，但我想是后悔的，我有些替他伤心难过。

但是木心毕竟是个人，他也曾控诉："但古代虽然专制，诗人还可以悲哀。我遇到的时代，谁悲哀，谁就是反革命……所以我同情阮籍，阮籍更应该同情我哩。"木心临终前，时常认不出人，话也说不清楚，他对陈丹青说："你转告他们，不要抓我……把一个人单独囚禁，剥夺他的自由，非常痛苦的……"意识模糊的木心虽然心有苦痛，但其实这时候的他还是幸福的，因为有陈丹青，有两个人的天堂之门为他打开。

五

1982 年木心离开中国到美国，后来在艺术上大获成功，他的转印画被人收藏，从此衣食无忧。1995 年 1 月，木心借回国之际独自一人悄悄回到故乡乌镇，之后又到美国，三年后，散文《乌镇》在台湾《中国时报》副刊发表。2006年再一次回国，这次是回到乌镇定居。他把财神湾东大街186号原孙家宅院命名为晚晴小筑。2011年11月21日，木心病逝于家乡。

2014年5月，木心故居纪念馆对外开放，纪念馆分为生平馆、绘画馆、文学馆，三馆墙面的文字叙述，全部采自木心的著作与诗作。绘画馆包含粉画、水彩画、石版画、书法近三十件，文学馆内有木心的写字台、办公桌、用具等遗物。

2015年11月，设计别致、浮于水上的木心美术馆开馆，场馆共分五间专馆，长期陈列木心作品：序馆以实物综合介绍木心生平；一号、二号、三号、四号馆陈列木心不同时期的绘画作品，包括其《狱中手稿》；五号馆为文学专馆，陈列木心各时期大量手稿，并辟有小型影视馆。美术馆北端的阶梯式图书馆，面对美术馆后院。2016年7月的酷暑中，我们有四位朋友专程到乌镇，于我，是第一次参观木心美术馆和木心故居，我们在木心美术馆的阶梯图书馆合影留念。

木心美术馆生平馆一角

人生重晚晴。在生命的最后岁月，木心回到故土，落叶归根，他应该没有遗憾了。

关于木心的名字，他自己说，古言"木铎有心"，他的名字是这么来的。"铎"是一种以金属为框的响器，以木为舌者称为木铎，以金为舌者称为金铎，《论语·八佾》中说："天下之无道也久矣，天将以夫子为木铎。"孔子以木铎自况，说自己是上天派来教化民众的。木心在《文学回忆录》中虽然多次数落孔子，但也无比推崇孔子："只好哲学怀古。我最崇敬老子，其次孔子、庄子，今天讲孟子、荀子、韩非子——怎么这些哲学家都有那么强的文学性？永垂不朽的文学价值。"显然，木心改"牧心"为"木心"，意义更特别了，采用的恐怕正是教化这层意思。他讲到19世纪英国文学时，介绍勃朗宁的长诗《哈默林的花衣吹笛人》，最后说："现在想想，我也是那个吹笛人——讲世界文学，就是吹笛呀。"讲文学是吹笛，写作，不更是吹笛吗？读者心里是明白的。

逝者已逝，唯有纪念。

阅读，是对一位作家最好的纪念。2018年7月的一个三伏天，我们一群来自嘉兴民间的自由闲散阅读者，来到海盐南北湖的采采小院，阅读木心，分享木心的经历、他在《文学回忆录》中的评论以及他的诗和一生的故事。采采小院满院野生植物，正应合了木心的性格，妙啊。友人念起了《从前慢》，我想起了《我纷纷的情欲》……

2018年8月5日，初稿
2018年8月10日，修改

人和土地，哪个更传奇
——陆稼书祠堂

　　要感谢禾塘的热情，当我试探性地问他，双休能否帮我们开车去一次新埭寻古探幽时，他马上答复我：我去！他的话如一缕阳光，令我眼前一片光亮，太好了！马上约了史念先生，朋友中简儿有空，愿意陪我们同往，真是开心！

　　史念先生八十虚岁了，但是此刻看起来，精神比以前我们每次见到时都要好。我事前还真有点不放心，但看了他的神态，觉得不用担心了。何况阳光灿烂，明媚的天气便是给我们的最大支持。于是我们前往新埭。

　　也许你会觉得奇怪，一个八十岁的老人，为何对这片土地充满了巨大的热情？这片土地又有着怎样的传奇？

　　这片土地当真充满了传奇色彩。传说东汉末年，三国名将陆逊的祖上陆闳因避战乱来到此地，于是有了凤凰基。三国时，陆逊在此附近的泖河边、华亭谷居住，他曾被封为华亭侯。到了西晋，陆逊的两个孙子、著名的文学家陆机陆云在此读书、饲鹤，留下鹤喈泾的河名。清代，陆氏家族出了个大清官陆稼书，史先生在看过很多史书之后对之评价，认为在海瑞之上，是一个值得大书特书的人物。凤凰基和鹤啅泾两个地方我在去年曾来看过，这一次，我们还想来看看与之相关的一些地方，或是那些带点传奇色彩的地方。

我们先到泖口镇。

泖口镇属嘉兴平湖市新埭镇泖口村的一个小镇。说到这里，朋友们一定以为我搞错了，哪里听说过村下面的镇？天下之大，无奇不有，还真有这样的事呢。回来之后我仔细对照上面的门牌，看出了其中的名堂。我们先到的一处，门牌上写"泖口村—黄家埭几号"，黄家埭显然是泖口村下面的自然村，这很好理解，到了泖口镇上，门牌写"泖口村－泖口镇几号"，门牌上，泖口镇之前还冠有泖口村这样的字眼，奇就奇在这里。小极了的小镇被村子包围着，小镇一眼就能望到尽头，小镇在村之下，这是有道理的。

我想象中的泖口一片繁华。读过一点点史书，知道那里有着丰富多彩的故事，可是等我们到时，书中的繁华早已从现实中褪去几十上百年。现在的泖口镇，我相信是任何没有到过泖口的人想象不到的，我想泖口镇一定是全中国最小的镇：只有一条街，这条街只有四五百米长，地上磨得光亮的旧石板路向人们展示着它过去的存在。只有一条街的地方能算是一个镇吗？是的，这里至今还有几户城镇户口的居民。这个我们都没有想到的问题，禾塘在与人闲谈时问到了。这让我非常奇怪，这么荒凉的地方，我原以为，泖口镇，无非是一个名称而已。

是当地老人们的答复把我们的疑问打消的，他们承认，这个镇就这么大，但是当初街两旁的商店却是林林总总，今天我们在街上来回走过，发现街上还有两家小店，一家是烟什店，一家是理发店。此外，我还见到了一个特别的屋子，很像西塘的老街，分楼上楼下，但是这个屋子很破旧，楼上屋顶有光透过来，什么东西也没有，楼下的地方却养了几只大肥猪。不知是猪的幸运还是泖口镇的不幸，房屋的风水已经被猪抢去了。

泖口镇街上狗声吠吠，去了一条又来一条，简儿怕极了，我们紧挨着走在一起，以前若是见到这么多狗，我也怕极了，不过这次不知怎的全无惧意，尽管那狗就在脚边。

来泖口，是因此处是陆稼书的出生地、归隐地和埋葬地。说到陆稼书，经我们一问，史先生滔滔不绝地讲了起来。明亡时，陆稼书十岁，长大后他也曾想反清复明，但吕留良对他说，你与清朝没有关系，不用承担这个责任，你去做个好官来报答百姓，于是他真的成了一个大清官。雍正皇帝最欣赏他，死后让他陪祀孔子（几千年来有几人得此殊荣？），雍正最恨吕留良，吕留良死后还惨遭开棺戮尸之刑，但是陆稼书和吕留良却是好朋友。

听着听着，我们不觉笑起来，历史有时是这么不可思议。同样让人不可思议的，作为一个山东人，史先生是嘉兴的一个奇迹，可以毫不夸张地说，没有一个嘉兴人比他更了解嘉兴，嘉兴几千年的历史都在他心中积淀下来，随时都可以抖落一些风尘来。

然后我们就去看陆稼书的祠堂。祠堂还在，不过非常破旧，名称也改了，为龙头寺。祠堂的建筑很高爽，有平常的两层楼那样高，柱子柱石该是原物吧。菩萨并不高大威猛，令人眼前一亮的是铺在供桌前地上的垫子，是一块倾斜着的长而大的木板，不用说，可以让很多善男信女同时跪拜菩萨。我看不到泖口的繁华，但是这条长而大的木板，似乎给我暗示了她昌盛时的姿态——一个没有烟火的小寺庙是不需要这东西的。

边上还有一座屋子，面河而建，是祠堂的附属建筑，有八九间的样子，但远没有主建筑的高爽。

　　地名为泖口，我以为流经的总该是泖河。一年前，我是见过泖河的，只是不在此处。我见到的泖河很窄。听史念先生给我们讲过太湖流域的这段历史地理，早先的时候，太湖水横流，到春秋战国，"三江既出，太湖既定"，太湖水通过三江流到大海。三江者，北为娄江（流经昆山一带），中为吴淞江（即现在的苏州河）、南为东江（流经嘉兴平湖一带），此处是东江流经的地域，只是在今天，娄江、东江皆已不存。到唐时，太湖平原下沉，东江水流不到大海，于是出现三泖，泖河分三段，分别为大泖、圆泖和长泖。明初开挖黄浦江，才真正解决水害。

　　我想是泖河流到这里变宽了吧，也许就是圆泖了。我不假思索地这么认为了。可是当史先生问当地人时，他们却说，这河名上海塘，再问河过去的叫法，他们只知道上海塘，再问知不知道泖河，他们都不知道。

我们向江面投去目光，太阳的映照下，河面波光粼粼，一只只现今乡村河道极难见到的大船，不停地往来着。

　　河两岸各有一个石头做的渡口，以前这河上有渡船，上了对岸不远就是金山县城。这里过去是沪浙两省的主要通道，附近的人上街，不去平湖县城，而去金山县城，因为金山要近得多。公路不发达的时候，交通以水运为主，今天这来来往往的船只，还有这渡口，见证了曾经的繁华。史料是真实。

陆稼书祠堂后影

　　但是陆稼书的墓已经不存在了，据说在乍桥浜只剩下一抔黄土。因为问了几个人都不清楚，我们只好无功而返。

　　到的第二站是刘公祠。史先生告诉我们，刘公祠祭的是南宋名将刘琦，他因抗金屡建奇功，被百姓尊为"刘千岁"，是民间口口相传真正的刘王，而不像嘉兴莲泗荡刘王庙供奉的刘承忠，是清朝皇帝为巩固他的统治地位，指定了"灭蝗猛将军"刘承忠封的"普佑上天王"，尽管都是英雄，对封建统治阶级而言，却有着本质的区别。刘公祠内桂香满园、芙蓉争艳，眼观身受都是美景。边上一个高高的戏台，是庙会时做戏用的，据说每年的中秋节前后，这里人山人海，王文娟曾在这个戏台上动情地表演过。简儿连连称赞，觉得旧时人物在这样的台上，在万人的赞叹声里，尽情地演唱，人生是非常华美了。

因为在刘公祠意外地听到不远的东边就是泖河，想到我们真弄错了，把上海塘当作泖河，于是决定去看看。泖河是窄窄的，我想下次不会再搞错了吧。一河之隔，过了桥就是上海界了。泖河边上，上海境内，是成片成片的桂花树，让人欣喜。路边一块施工牌上，写着"廊下建筑队"，拦住路人一问，对面是金山的廊下镇，再过去是吕巷镇。

回来的路上，我们还是听史先生讲历史。这一路之上，他不停地说了很多故事很多人，三泖、陆稼书、吕留良、王阳明，等等。记得我最初写方令孺时，有一次提到她，史先生便说起方令孺在"文革"中的故事，有一次我和他说起黄源，他又讲起黄源在东南大学的故事，禾塘因为在研究褚问娟，一提起，史先生又说开了。没有人不在他心里，你说这传奇不传奇？

因为和史先生熟悉，有时他会和我们聊他的朋友，史先生把他的朋友分成四类，政界的一类，科协的一类，文学的一类，艺术的一类，据我所知，文学这一类中，又有好几批，有报社的，有电视台的，有书店的，有学校的，我们也是其中的一批，艺术这一类，又分画画的、昆曲的等等，真是什么样的人物都有，但可以肯定，都是文化人士，是真正的"谈笑有鸿儒，往来无白丁"，所以他的家通往高朋满座，有活动还得提前预约，像看病看高级专家门诊一样。我是非常幸运的，大约史先生觉得我来一次嘉兴不容易，凡有事他总是答应了我，再把其他的约定取消，就像这一次，当我们到他小区门口时，有两个他电话联系不到的朋友，因我们的到来而离开，他们再约时间见面。

一个八十岁的老人，活动之多远在我们年轻人之上，记忆还惊人的好，最重的，史先生对嘉兴这片土地充满了深情厚谊，只要与嘉兴有关的，他都抱有浓厚的兴趣。有一天他读刘义庆撰、刘孝标注的《世说新语》，注意到这段话：

陆平原河桥败，为卢志所谗，被诛。临刑叹曰："欲闻华亭鹤唳，可复得乎！"八王故事曰："华亭，吴由拳县郊外墅也，有清泉茂林。吴平后，陆机兄弟共游于此十余年。"

由拳不就是古代的嘉兴吗？于是他把目光投向了华亭，投向了泖河，投向了凤凰基，他细细地区别华亭乡与华亭县的不同，分析出"华亭鹤唳"所在的华亭，是指古华亭乡，而不是指后来成为松江的华亭县，华亭乡不在现在的小昆山，而在平湖、金山一带，到清末平湖新埭一些地方，还归属华亭乡呢。如今，考察、考证工作还在继续，博览群书的他，也许哪一天又会有新的发现——我们不能将这样期待的目光投注在一个八十岁的老人身上，但事实往往会出人意料——这样的发现，对于这片土地是一个奇迹，对于他个人更是！少有人比他更传奇。

因为一次新埭之行而想到了很多，我原本无意写本文，或者说原本是想三言两语就要结束的，但这两天，脑子里尽是这些，一落笔也变得悠长了，一如时间，有时会变得很长很长，但是我们超不出时间的范畴，所以凡事总会有结束的时候。

2009 年 10 月 18—19 日

人文西塘
——文化西塘的一鳞半爪

西园风流

大凡老一辈的西塘人都还记得西塘计家弄内的西园，在数不清的江南园林中，西园实在是太平常了。只是到了民国的时候，西园以其特有的江南风情建立起属于古镇特有的文化品位，西园遂不朽于文化人心中。所以，当年九十一岁的蔡韶声老前辈回忆起六十七年前与柳亚子同游西园时，不觉感慨万千。

西园初建于明代万历年间，本是镇上朱氏的私家花园。朱氏当时可谓镇上豪门，从遗存在古弄中结构庞大的走马堂楼便可见一斑。后来朱氏败落，遂将西园出让给孙氏。民国初，孙氏将西园借给其亲戚开茶室。自此，西园便以其儒雅的气度接纳了四方人物，尤其是那些喜爱她的文人墨客。

西园的茶室名"听涛轩"，因东侧假山上一株松树迎风有声之故。听涛轩日复一日，迎来了一批又一批的文化人士，正是这些文化人的到来，为古老的西园平添了一幅幅动人的风景，西园韵事得以流芳千古。

1920年的冬天，诗人柳亚子来到古镇西塘。那一天，他偕同同里陈巢南与镇上文人聚于南社社友余君十眉家仁荣堂，即席联句，诗酒唱酬。当晚，柳亚子下榻于余家"探珠吟舍"。次日，他们于西园吟叙合影，摄影毕，陈巢南即题曰："西园雅集第二图"，并题诗句，柳亚子继之，余者皆有和作。蔡韶声在《西园雅集第二图记》中说："昔米元章黄山谷辈有西园雅集图，图中服饰融用，俯仰动静，弥不毕现，千载之良会，万古之韵事也。展卷器心，每憾不能窜身入画，与古相接为恨。"今人阅之，不免也生同样的感叹。这令人想到开封的古吹台，当年李白、杜甫、高适三人前来瞻仰师旷遗风，后人乃建三贤祠以纪念三位诗人。不同的风格，同样的心思罢了。

西园雅集第二图

一年之后柳亚子再次来到西塘，诗友诸子在乐国酒家欢聚畅饮，次日又来到西园茗叙。时魏塘张天方博士的妹妹张骥安女士也在西园，张女士性格开朗，酷爱诗文，与柳亚子一见如故。这一年，西园的"听涛轩"早早地迎来了和絮的春风。

这以后的十多年中，西塘的文艺社团以西园为依托蓬勃发展。钟灵毓秀的西园为古镇培养了一大批诗词书画金石爱好者。1925年，以研究文学、砥砺道德为宗旨的胥社成立，社长江雪塍诗词书法俱工。是年中秋佳节，胥社于西园听涛轩举行第一次雅集。想来该是松树有幸，因植于西园而倍受文墨的熏陶。后来江雪塍又创建了平川金石书画社，把文化艺术再次发扬光大。

1935年之后的西园与胡蒙子有了密切的联系。这年，孙氏将西园典给了胡蒙子，胡蒙子改"听涛轩"为"观日轩"。胡蒙子幼从镇上举人陆谨涵处攻读国学，后创办嘉善县立初中，又曾任职昆明西南联大，三十余年从事教育事业。1946年夏，西康贡嘎活佛呼图克图，来上海访问，继往嘉兴楞严寺开时轮金刚法会，并将访游杭州。已从西南联大退休返回故里、素信佛教的胡蒙子，特邀活佛来西塘，下榻于西园"观日轩"。活佛卓锡西塘，乃是镇上佛教中的一件大事，西园也因此增色。

也就在这一年，嘉善县成立修志馆，胡蒙子任馆长，镇上郁慎廉、江雪塍为编纂，当年修志馆便设在西园。直到1951年胡蒙子生退居旧室，将西园还给孙氏，孙氏出售园内房屋花木，西园遂废。古老的西园便成了今天人们记忆中的历史。

然而历史的尘烟终究掩不住其光华，西园的风流铭刻在古镇文化人心中。如今重建西园以纪念那段历史。

胥社旧事

西塘，又名胥塘，地处古吴越交界处，故又有"吴根越角"之称。

作为一个文学社团——胥社，它在西塘的成立，并不是偶然出现的现象，胥社的诞生，与当时柳亚子倡导下浓郁的文化氛围是分不开的。

1909年，柳亚子与陈巢南、高旭等发起组织文学团体"南社"，作为反对北庭的旗帜。1917年，南社发生内讧，柳不再参加南社社务。这之后，柳亚子泛舟汾湖，游西塘，成《吴根越角杂诗》百二十首；赴周庄，作《迷楼集》；再赴西塘，撰《蓬心草》，后将《蓬心草》《蓬心补草》《蓬心和草》《蓬心续草》等诗，合并为《乐国吟》出版，这是发生在1920年到1921年间的事。

西塘诸多文学爱好者，因受南社的影响，学习吟咏诗词，在这样的一种文化的背景下，胥社诞生了。

江雪塍

那是1925年中秋月圆时节，胥社的第一次雅集于西园"听涛轩"举行。当时参加的社友有二十一人。社长为舍北草堂主人，号称"桐村雪子"的江雪塍。江雪塍自幼受文学熏陶，工诗词，擅书法。胥社成立之前，1923年，他与文坛诸友创办《平川半月刊》，十年后，1935年，又组织平川金石书画研究社。抗日战争爆发后，江雪塍寓居上海，晚年因慕吴中名胜，迁居苏州。遗留下的作品有《江雪塍先生遗稿》（内分《舍北草堂诗》《三两寒斋词》），另曾有《闻樨馆杂录》稿已佚。胥社成立之初，社友们诗词酬唱，其乐融融。

1926年清明后二日，胥社一批文友前往栖僻园举行第二次聚会。栖僻园坐落在镇之西南地名蔡浜的地方，该园建于清道光年间，园主人朱莲烛刊有《栖僻园唱诗钞》，尤以一幅画图闻名，该图原为朱氏所藏，经乱久失。栖僻园水榭风亭之处，可谓景色宜人。当时胥社同人慕名乘舟载酒前往，园主莲烛后代朱礼斋亲自招待。好春时节柳如烟，翩翩文人共一船。文友们逶迤三径，流连忘返，迫暮始归。

次月中旬，胥社同人又去东郊草里孙杨氏义庄之怡园，再次举行雅集。杨氏义庄前为祠堂，后为花园即怡园。怡园又名涉趣园，曾有《涉趣园唱和集》行世。"草里孙前绿草肥，莲花泾上乱花飞，流莺个个转春色，蝴蝶翩翩成粉围……"从蔡韶声的诗中可知，草里孙杨氏义庄同样是一个优雅可去之处，更兼园外临溪的照水亭风韵别致，因此直到月上树梢文友们才尽兴而返。江雪塍先生哲嗣、书法家江蔚云当时年仅十三四岁，是胥社几次雅集的参与者与见证者。

有了这几次雅集的基础，便有了《胥社第一集》的结集出版。《胥社第一集》包括了社友的诗、词、文创作，卷首述胥社缘起，书末有附录，收诗三百二十首，词十九首，文二十篇，当时化了一百多银元，为毛边纸的铅印物，无锡的印刷厂承印。

胥社另有一次未果的雅集和一本流产的集子。

祥符塘东北有一获秋庵，明万历年间高攀龙于此讲学，专讲"性命义理"之学，即理学，胥社同人想假此聚会后以事中止，后蔡韶声倩人画成"获秋访归图"而已，而"胥社第二集"则因抗日战争的爆发而未能成书。当时集子已预付银元交于印刷厂然最终不见面世，这不能不说是胥社的一大遗憾。

点滴西塘

传说南宋建炎二年（1128），西塘小镇着实风光了一回。宋高宗来西塘寻访朱六郎，称其是梦中救驾功臣。时六郎已死多日，于是宋高宗敕封六郎为紫薇侯，并建庙祀之，便有了朱六庙。多年前，北京作家东方龙吟来到西塘，除了考证西塘成集镇的时间外，提到许多古迹，也问起朱六庙的旧址所在。当时的我，很惊讶于一个远在几千里之外的异乡人对古塘竟有如此深的了解！这不能不说是一件奇事。

说到南宋时的西塘，需要大书一笔的是镇上大姓唐介福、介寿兄弟，他们先建别墅唐氏园。咸淳元年（1265）唐介福又捐宅建东西观，东观为东岳庙，西观即福源宫。唐氏兄弟也许不曾想到，他们所建的道观，在七百多年的风风雨雨中见证了小镇的历史。明永乐年间，户部尚书夏原吉巡视浙江，治水三吴，驻节福源宫，在福源宫前立"忧欢石"以测水位。明宣德年间道士汤为于福源宫废基上修建三清殿，供奉玉清元始天尊、上清灵宝天尊、太清道德天尊。明正德十年（1515）县丞倪玑在东岳庙旧址建庙祀八蜡，两年后，倪玑于八蜡祠创建平川社学，这是镇上第一座官办学校。民国时僧人宝成重建东岳庙，供东岳大帝。直至今日，福源宫虽只存在于先贤周鼎的《苹川十景诗》中，然则东岳庙香火旺矣。

唐氏兄弟给西塘留下的又何止这些？咸淳年间，唐介寿在福源宫西建孩儿桥，孩儿桥又名飞仙桥。西塘现存一座最古老的桥为望仙桥，位于福源宫前，因唐介寿立桥望仙而得名。也许是信奉道教之人，唐氏兄弟对成仙之道的向往，给今日的西塘留下了诸多美丽的传说。

拈花庵则建于元至正二十四年（1364），址在镇东霜字圩。拈花庵桥在其西，清光绪二十年（1894）县志关于"斜塘镇图"上赫然可见。拈花微笑作为佛教中的经典也无一例外地影响到了这个小镇。

元代另有一处奇观在沙棠庄。沙棠庄为元大姓马氏居之，位于西塘镇东。明正德版《嘉善县志》记载，沙棠庄内有一棵垂丝海棠，树围有四尺，旁有海棠亭和钓鱼台。可以想象，垂丝海棠和主人都曾是这个小镇的荣耀。

说到艺术，西塘早期有个文人社团为师竹社，成立于清乾隆年间，以研究交流书法为主。社员之一王志熙，据《中国画家大辞典》（1982）记载，王以行草书擅名，兼工山水、精鉴赏，尝作论画诗百绝。其墨迹至今在醉园留存。

清代另有一书家名许蔚庵，工书法，斗书小楷无不精妙，骨韵俱胜，据说身前名不出乡里，殁后日本人曾以巨资收其墨宝。

艺术的历史在西塘可谓悠久，艺术点缀了西塘。艺术和那些还存在或被湮没的古迹一起，使西塘成为艺术的古镇、人文的古镇。

沉醉艺香

"醉园"得名缘自醉经堂，醉经堂为王氏家族在西塘的堂号名，意为沉醉于四书五经。醉经堂内有艺香斋，为主人读书创作的书斋，又有王氏父子版画馆，是展示两代主人王亨、王小峥父子版画作品的场所。醉园虽小，然精致典雅，其内书香纷呈，艺香不绝，令人流连。

醉经堂

王氏家族文化，可谓源远流长。其世祖王志熙系清代诗人、书画家，艺香斋内尚留一副保存完好的木对联，可一窥其作品风貌。据说其画亦颇得元人三昧，惜无缘得见。王亨父亲王慕仁，工书法，精医术，擅鸡毫行书，生前为省书法家协会会员。家族文化翰墨遗韵，至今留香。

王亨、王小峥父子，因袭祖上前辈之灵气，承受家族文化之熏陶，开创了古镇艺术的新天地，他们创作的以水乡古镇风情为素材的版画，成了古镇西塘一道独特的风景。王亨在学生时代以学习素描为主，在中学时得以结识已故中国美术学院教授、著名版画家张怀江先生，后来学习版画就得到先生指导。王小峥受家庭影响，从小耳闻目染，在版画、油画、国画山水上都颇有成绩。在版画的创作风格上，父子两人俱继承张怀江先生衣钵，以写实风貌体现，但又各具千秋。王亨先生的作品更多地以细腻的线条、灵动的音律展现水乡的风姿神韵，把观赏者引入他的精致的世界中而思绪飞扬，如版画《夜泊》所表现的正是这样独特的景致：月上枝头，岸边的水乡人家沐浴在清冷的月光下，几只小船静静地泊在被月光笼罩着的树荫下，月夜的诗意尽在无言之中。又如《桨声悠悠》《月夜小景》《塔湾水巷》等，王先生以他版画的成熟技巧尽情地展现了水乡古镇的多姿风貌。而王小峥作品的表现风格较为豪放，又不失朴实，在《水乡印象》中，房屋建筑错落有致，小桥流水井然有序，却是另一种略带些抽象的风格了。版画馆内共展出父子两人二百多件的作品。为此，县博物馆吴静康先生题写了祝贺联："一生寄情江南水，三分得意海上风"，令人信服。

版画是"醉园"的精华部分，但醉经堂马头墙下那参天的芭蕉、数丛翠竹、醉雁桥下的几尾红鱼、古色古香的木格子窗，又何尝不让人心动？如今已年届古稀的王亨先生，虽然头发、眉毛都白了，然精神矍铄，显示出智者气韵。

走在醉园，走进艺香斋，走向缤纷的版画世界，我沉醉于芬芳的艺香中。

邬燮元治印

我认识邬燮元先生久矣。大约在我初入平川书画社的那段日子，记得是每周日的下午，在古镇西塘薛宅的崇稷堂，即现在的纽扣博物馆，我们一些社友必来堂上一聚，同时交上带来的册页，那是我们每周的功课。就在那里，我初识燮元其人和他的绚丽多姿的篆刻作品，此事距今十有余年。

后来我们一直断断续续地联系着，我也曾请他刻过几枚别致的印章，用在我少得可怜且不成气候的画上，燮元刻的印章常会在第一眼引起别人的注意，我画上的几根墨色的线条呢，当然被冷落一旁了，虽然这样，我仍常常以此为豪，那是我的朋友嘛。

燮元的篆刻，以元朱文最为突出。元朱文印创自于元代赵孟頫，表现圆劲和婉的风格。篆刻发展到现在，流派众多，但邬燮元始终坚持传统，并努力从传统中出新意。已故书法家江蔚云先生曾谆谆教导，传统是基石，一味地追求张扬怪异，或许能很快成名，但不是艺术的正道；在传统中创新，创造艺术的美才是发展的方向。邬燮元牢记江先生的这些教诲，在平凡的日子里孜孜不倦地努力着。

燮元的篆刻作品，到如今不下两千方，早年的时候，他刻过"平川十景"印。平川十景取自明代周鼎的苹川十景诗。这十方印章，每一印朱白疏密自然，自成一体。如"西塘晓市"用的是较为方折的瓦当文字；"福源精舍"以缪篆入印，所谓缪是绸缪的意思，缪篆即笔画如丝之缠绵的篆文；"斜漤来帆"用朱白文相间处理；"环秀断虹"笔势飘逸，似有流动感；"渔家栅口"印用的是葫芦形，通过笔画的处理，整方印章浑然一体。其他几枚，朱文圆润委婉，白文平整规矩，印章形状且不尽相同。他通过方寸世界来表现古镇幽雅的意境和韵味，这不能不说是小镇的一件幸事。

燮元的篆刻，最负盛名的，如元朱文的"莫等闲，白了少年头，空悲切"、细白文"月夜一帘幽梦"等，刀法娴熟，自成一格。他的博客千百度，常有印拓展示。

　　几年前，燮元离开西塘长居嘉兴砖桥弄，这期间他开始了唐宋诗词句的篆刻，五柳诗情、东坡意境，在他的印章中栩栩地表现了出来，当然，在这些印章中，用得最多的还是元朱文和细白文。他刻的诗词句"我欲醉眠芳草""春风十里柔情""杨柳岸，晓风残月""红杏枝头春意闹"等，皆落拓潇洒，他还以嘉兴名胜古迹入印，如"曝书亭""烟雨楼""鸳湖"等，也有纯粹的闲章，"寄兴""心与白云闲""作个闲人"等，这时候边款上往往加了"秀水""鸳鸯湖畔"等字。古老的禾城给他带来悠悠思绪，闲闲诗情，尽寄其中。他觉得，能在自己喜爱的篆刻中，不断寻找愉悦，人生也就非常满足了。

　　因为燮元多年的坚持和投入，他在篆刻领域获得了累累硕果，2001年，他的一方细朱文印"众里寻他千百度"入选当代古典细朱文印精品展，并被编入精品作品集；2004年，他的朱文印"三人行必有我师"入编西泠印社国际印学社轩精品博览，并在杭州展出；2005年，他的"涛声听东浙，印学话西泠""斜阳独倚西楼"入选全国第五届篆刻展览并被编入作品集，2009年，他的"独立小桥风满袖""脉脉花疏天淡，云去来，数枝雪"等四枚印，入选全国第六届篆刻艺术展并被编入作品集。2010年5月，燮元正式成为中国书协会员。

　　有了燮元多年来不俗的成绩，西泠印社社员、同为嘉兴人的傅其伦特地为他制并书每字五十元的润格。

　　看到燮元有这么大的收获，我心底里为他高兴。自小对篆刻和书法的浓厚兴趣，多年来对陈巨来、韩登安等名家印谱的潜心钻研，积年累月于分朱布白间的揣摩推敲，这一切都没有白费心血，尤其对他这样一个有残的人来说，不是更加难得？

196

先前的时候，我会在塔湾街燮元家中小坐，我常常会看到他拿出一些刻好的印章来，或者印谱一类的，我虽然多半看不懂印章上的字，但看他一日三摩挲的样子，心里着实被感动着。喜欢一件事，投入进去，不为名不为利，只为了自己的喜欢，这多好啊。

为人而言，燮元脾气极好。当初我曾贸然请他刻章，他非常爽快地答应了，为我刻过的多枚闲章，"闲看花开花落""梦里花开"等，让我爱不释手。他也曾为西塘卓土浩先生刻过"荔主传家八百年"，为江蔚云先生刻过"梁溪王西神弟子""印舸翰墨"等章，也为我们一些朋友刻过鸟虫篆，刻过青龙、白虎、朱雀、玄武的四灵印。

因为他的篆刻，燮元结识了一些文艺界名人。他曾给《书法报》投稿，书法报主编陈新亚写来了热情洋溢的信，我在燮元嘉兴的家中看到此信，陈先生称赞说"诸印刻制甚精到"。我国著名美术史论家、画家、诗人王伯敏也与燮元交好，燮元曾为他刻制了"半唐斋""伯敏长寿"等印章，王先生自以为在晚晴的生活里，是"邀月歌吟书画乐"，燮元又刻了这样一枚印章送他。他为苏州画家凌虚先生刻"凌虚九十岁后作"，落落大方，气象不凡。

我与巴金研究专家周立民相熟，有次我送他一幅自己画的墨兰图，画上当然是燮元的印。立民兄一看画上的印，便喜欢上了，也想刻几枚，那当然没问题，于是就有了"竹笑居""枕上诗书"等印。后来他让我送去来楚生印谱和珍贵的《巴金〈寒夜〉手稿珍藏本》；又有一次，立民兄送给邬燮元他自己写的《另一个巴金》，并在书的扉页上写道："屡烦先生治印，无以为报，以旧作求教，乃秀才人情也。"有一年我们设想成立水云社印制琴韵录丛书，自然又想到请燮元刻章，于是有了"水云社""琴韵录"的印章，"琴韵录"第一辑五册，每本书的封底都盖有非印刷的"琴韵录"朱文印。因为燮元的篆刻，引来了一段佳话。我想，今后的日子里，这样故事一定会更多，那都是因为篆刻。幸哉，多么美好的故事！

跋

汪玲

在我的书柜里，有一本自印本《嘉禾流光》，翻开书页，有一个签名，"小书一册寄上，以博玲儿一笑，梦，2008.8."。在同页的左下角，我写下了一行"2008 年 8 月 14 日收"。

得知子仪准备将她十多年前的自印本《嘉禾流光》重新编定，增加部分内容，取名为《江南文人的眼》拟正式出版时，作为她的好友，接到了为该书重编印写跋的任务。虽然子仪一再强调这篇跋无论写得怎么，目的只有一个，以文字的方式记录我们的友谊。呵呵，看来和一个会写书的人交朋友，是件喜事（沾沾光），也是件必须接受考验的事。

今天是 2018 年 7 月 22 日，周末。我重新翻开《嘉禾流光》。时隔十年光景，再次读来，故居里的人物穿过流光，在子仪的笔下生动起来。通过子仪，我甚至觉得那些生活在与我们交错时光里的人们，因为故居的缘故，留下了一些线索，让仰慕他们的人可以有个地方追寻，甚至残砖断瓦里疯长的野草、挑檐天井里飘过的云，都不无例外地暗示曾经的主人与今天的联系。当然，没有一颗敏感的心，一双敏锐的眼是无法参透他们其中奥妙的。

幸运的是，子仪就是那个仰慕的人，聪慧的人，能够用文字记录下那些时空转换后感同身受的人。也许有人会觉得那些感受是浅薄的，是她自己想当然的多情造成的误解，但并不妨碍我通过文字读到她那颗单纯的心，纯粹的喜欢，沉浸其中的乐趣和全心全意付出的心血。

一方水土养一方人，嘉兴这方水土不仅人才辈出，同时也滋养了子仪的文学梦。我知道她有一个文学梦，这些年，我佩服她的坚持、惊喜她的进步、欣赏她的散文风格，同时又担心她囿于已有的写作习惯而不能突破自己。

至今我还记得1988年9月，我们在浙江金华财政学校读书时的第一次见面。我们被分在同一个寝室，床在同一排的下铺。子仪比我早到，当我到307寝室的时候，第一眼见到的是子仪坐在铺位上看书，她已整理好了床铺。学校的床本来就窄，但她的铺位上靠墙已整整齐齐摆了一排书，给我的第一印象就是一位爱书的文静姑娘。在之后两年的求学时间里，每晚我们头对头地睡觉。同样酷爱阅读的我们，成了朋友。即使现在看来，在分别之后的二十八年时间里，我们友谊的积累也没有停止过，我知道我们会是一辈子的朋友。

最近我在读毛姆的《人性的枷锁》，里面有段菲利普对为什么要为自己读书的一段回答："一部分是为了乐趣，因为读书已经成了我的一个习惯，要我不读书就像不让我抽烟一样的难受；另一部分原因是为了认识我自己，当我阅读一本书的时候我就只通过我自己的眼睛阅读，但是时不时地我会遇见一篇文字，甚至是一个短语对我而言有意义，它就成了我的一部分。""一个人就像是一朵封闭的花骨朵，他读的大多数东西对他而言都毫无影响；但是有那么一些语句对某个人而言会有特殊的重要意义，那么那朵花骨朵就会展开一片花瓣，然后是另一瓣，然后另一